TRAMOYISTA

LIBRO DOS DE *EL GUAHAIHOQUE*

ALEJANDRO SALAMANDO RAMÍREZ

Reservados todos los derechos. No se permite la reproducción total o parcial de esta obra, ni su incorporación a un sistema informático, ni su transmisión en cualquier forma o por cualquier medio (electrónico, mecánico, fotocopia, grabación u otros) sin autorización previa y por escrito de los titulares del copyright, excepto breves citas y con la fuente identificada correctamente. La infracción de dichos derechos puede constituir un delito contra la propiedad intelectual.

El contenido de esta obra es responsabilidad del autor y no refleja necesariamente las opiniones de la casa editora. Todos los textos e imágenes fueron proporcionados por el autor, quien es el único responsable por los derechos de los mismos.

Publicado por Ibukku, LLC
www.ibukku.com
Diseño de portada: Ángel Flores Guerra Bistrain
Diseño y maquetación: Diana Patricia González Juárez
Copyright © 2024 Alejandro Salamando Ramírez
ISBN Paperback: 978-1-68574-801-2
ISBN Hardcover: 978-1-68574-803-6
ISBN eBook: 978-1-68574-802-9

Para mi editora de cabecera: Tulia.

Para todos quienes leyeron ***El Guahaihoque*** y, especialmente, para el primer lector: el tío Hernando.

PRÓLOGO

Las últimas luces del día se colaban por los ventanales de aquella antigua casa, que nada tendría que envidiar a las clásicas residencias victorianas que se encuentran en Boston, Washington y Londres. Las gruesas cortinas de color vinotinto, en tela brocada, dejaban colar los rayos estertores del día. La luz tenue que se colaba por los cristales de los altos ventanales de aquel atardecer rojizo y fucsia revelaban las partículas fantasmales de polvo que flotaban alegres en el aire pesado del consultorio, que de otra manera permanecían invisibles en la oscuridad del resto de aquella habitación.

Los muebles en madera oscura de roble tipo Luis XV estaban tallados con delicados e intrincados motivos de flores, hojas y piñas de pino gracias al moribundo arte de la ebanistería antigua de formón y macillo. Arte en decadencia, en un ocaso imparable, inexorable, causado por tendencias minimalistas, simples y aburridas.

«A Dios gracias, por ello», meditaba Lina en el fondo de la habitación en la esquina más oscura, ocultándose en las sombras, lejos de los ventanales. Odiaba toda esa decoración antigua, gótica, casi barroca y cual más podría decir rococó. No, su estilo era más elegante, fluido, limpio. Claro estaba que hasta ella debía admitir que aquel vetusto ambiente jugaba perfectamente su rol para el propósito de ese espacio. El doctor Cillian Atwood era el siquiatra más reputado de Inglaterra, que, por azares del destino había terminado viviendo en este país, atraído por el clima, los paisajes y la comida.

«La comida, ¿por qué alguien quisiera cambiar todo un estilo de vida primermundista, europeo, por comida?». Meneaba la cabeza, Lina, en desaprobación y disgusto, mientras jugueteaba entre sus manos con la esfera de un pisapapeles pesado de mármol rojo de Verona, del mismo mármol de la Catedral de Santa María de Fiore, en Florencia.

Había pasado poco menos de un año desde el nacimiento de su último hijo y ella continuaba con síntomas de ansiedad, dolores de cabeza, entre otros. Odiaba que sus padres, especialmente su madre, le insistieran en que se trataba del síndrome de depresión posparto. «Depresión posparto, ¿ella? ¡Jamás!». Ese tipo de síndromes y síntomas estaban reservados único y exclusivamente para personas débiles, mediocres; no para ella, definitivamente no para Lina Russo, la esposa del más prominente empresario de Latinoamérica, Jhonatan Terranova. Su Jhon. Su gran Jhon. Su amado Jhon.

Como era de esperarse, sus padres eran amigos íntimos del «respetadísimo» doctor Atwood, y le insistieron a Lina para que iniciara una terapia con él. De poco sirvieron los comentarios en algunos corrillos del club sobre la fama de pervertido que le atribuían algunas pacientes del doctor Cillian. Poca credibilidad se le daban a ese tipo de comentarios porque, ¿cómo es posible que alguien de esta altura y posición social pudiera tener tal condición? Finalmente, Lina aceptó, más por desgaste y para evadir el tema con sus padres, que por convicción.

El campo de especialización del doctor era en psicología y psiquiatría clínica, lo cual le causaba a Lina cierto pudor y vergüenza admitir que estaba en este tipo de tratamiento; razón por la cual había exigido como condición, para tomar el tratamiento, que las citas fueran fuera del horario de atención y en un espacio diferente al centro médico donde tradicionalmente prestaba sus servicios el galeno. Al margen de saber que las terapias se centrarían mayoritariamente en un tratamiento farmacológico, tenía perfectamente claro que este también incluiría sesiones con conversaciones donde debía cuidarse de exponer su verdadera naturaleza. Sus verdaderos apetitos. Sus verdaderos gustos. Los de ella y los de él. Los de su Jhon.

Observando, examinando y escudriñando cada veta, cada detalle y cada imperfección de aquella esfera reluciente; con una leve sonrisa de cariño, recordaba Lina cómo se conoció con Jhon hacía tanto tiempo ya en Italia, cuando el padre de este fungía como embajador y residía allí con toda su familia. Los Russo tenían varias residencias vacacionales a lo largo de la costa azul mediterránea y al ser cercanos al ámbito político, no tardaron mucho en volverse cercanas ambas familias y sus hijos, pasando cada verano y temporada vacacional juntos.

Desde pequeña Lina había notado que sus gustos no eran los mismos que los niños de su edad. A ella no le gustaba ningún deporte en particular, ni ninguna de las actividades a las que sus compañeras la invitaban. No, de ninguna manera las fiestas de pijamas y suspirar por el cantante o grupo juvenil de turno, al son de sus canciones, eran lo suyo. Lo suyo era torturar animales.

Encontraba un gusto gutural, una sensación celestial, un poder divino al ver como los pequeños cuerpos se retorcían al amputar alguna de sus partes por cuenta de su mano, de su yugo. Al principio castigaba a las hormigas y pequeños insectos del jardín de su hogar, pero con el tiempo su sed solo empezó a saciarse con animales cada vez más grandes. Qué desilusión y tristeza sintió cuando la persona más importante para ella, su padre, la convirtió en paria, una relegada; cuando a sus ocho años la descubrió decapitando a una familia de ratones y canarios para construir un bosque de cabezas mutiladas y empaladas. Su padre, su maravilloso padre, la despreció; pero solamente así, pudo saber que lo suyo, su amor por la belleza incomprendida, su apetito por la divinidad de traer muerte era algo que guardaría solo para ella. Eso pensaba en aquel entonces.

Cuando conoció a Jhon, unos años mayor que ella, pero no lo suficiente como para impedírsele engendrar un primer amor, dejó por un tiempo su «pasatiempo» y se dedicó a cultivar aquella amistad, aquel afecto. Sufrió cuando él se fue a Inglaterra a estudiar a la universidad más prestigiosa del mundo, pero se regocijó al saber que ella prontamente lo seguiría. Fue a su llegada, en el evento de bienvenida para los de primer año en Cambridge, cuando su primer, verdadero, único y perenne amor nació.

La caza de zorros ya empezaba a prohibirse en algunas provincias de Inglaterra, y su práctica solo se reservaba para aquellos con algún título nobiliario o para aquellos con recursos para darse ese particular gusto. «El dinero puede comprarlo todo; bueno, casi todo».

La actividad consistía en una competencia donde, por equipos, se debía cazar un grupo de zorros silvestres que se compraban previamente en el mercado negro. Ganaba el equipo con mayor cantidad de piezas adquiridas. Jhon y Lina decidieron hacer el equipo solo ellos, en pareja, pues era una buena oportunidad de ponerse al día en persona. Definitivamente no era lo mismo que a través de los nacientes videochats de internet.

Llevaban un par de horas conversando desprevenidos por aquel bosque de abetos, robles y pinos, cubiertos por el rocío de aquel día de primavera; sin ningún cuidado o respeto por cualquier regla básica conocida sobre caza, cuando de golpe, se toparon con un zorro que se refrescaba en un arroyo sin haberlos notado. Jhon llevó su dedo índice a su boca deteniendo a Lina con su otro brazo. La miró y trazó una línea imaginaria con su barbilla hasta donde estaba el animal. Lina lentamente se arrodilló en el prado jalando a Jhon del brazo para que hiciera lo mismo. Jhon descargó su escopeta Blaser F16 del hombro y tratando de hacer el menor ruido posible, activó la llave de la báscula para liberar el seguro y exponer los barriles vacíos. Retiró dos cartuchos de perdigones de calibre 12 y los introdujo en la escopeta. Al cerrar de nuevo el arma, mantuvo la llave presionada para generar el menor ruido posible. No obstante, sintió que el clic metálico del cerrojo reverberó en aquel bosque como si de toda una orquesta se tratara; o al menos así parecen las cosas cada vez que se intenta hacer el menor ruido posible. Todo parece amplificado, magnificado; incluso la respiración, el latir delator.

Jhon ajustó la culata en su hombro, respiró profundamente, retiró el seguro del gatillo y seleccionó el barril que iba a disparar, tomó de nuevo una respiración, la contuvo y disparó el arma sobre el animal. Este, al sentir el estruendo del cañonazo, intentó correr sin percatarse de que una de sus patas traseras junto con su cadera había sido desprendida y colgaba desmadejada de tirones de músculo y piel. La sangre brotó profusa y el animal cayó inerte.

Los jóvenes se miraron con asombro, Lina llevó sus manos a la boca para impedir su asombro, pero luego se le escapó una risotada que siguió con gusto Jhon. Corrieron hasta el arroyo donde se encontraba el animal, se inclinaron y empezaron a observar el estado de su presa.

Jhon toma la pata desmembrada del animal e introduce sus dedos en la herida y, aprovechando que Lina estaba desprevenida, le pasa todos los dedos por el rostro trazándole dos marcas paralelas por sus mejillas. Inmediatamente se percata de su error y su torpeza.

—Lo siento. No debí. Fue un impulso tonto. Disculpa.

Retira un pañuelo de su abrigo y cuando lo iba a mojar en el arroyo para limpiarla, Lina, de un tirón, arranca la pata del animal y se lo unta en el rostro a Jhon. Este, al verse sorprendido, quedó impávido; pero la chica se adelanta y lo besa mientras le restriega todos los restos sobre el cuello y el pecho del joven. Jhon, extasiado por el avance de la mujer, la tomó de sus hombros y la arrojó con furia sobre el cuerpo del animal. Metió de nuevo el puño en la herida del animal desgarrándole todas sus entrañas y las esparce en la blusa de ella, en su pecho. Un holocausto de vísceras.

—Ahora tendrás que quitártela.

Ella sonríe, siente los restos del zorro aún tibios sobre ella y mira con intensidad a Jhon para continuar con la ceremonia retorcida.

—Tendrás que hacerlo tú.

Los jóvenes continuaron intercambiando pedazos del animal hasta saciar su libido. Al final, no quedaba rastro de la criatura, solo un manchón carmesí en la pradera.

Al pasar el momento, la adrenalina, ambos se aseaban en el arroyo tratando de limpiar lo mejor que podían los restos de su ropa. Ambos, en silencio, se evitaban. No sentían vergüenza de sí mismos. Lo que acababa de pasar estaba en su naturaleza desde siempre; les gustaba, lo anhelaban, sin embargo, ignorar lo que el otro pensaba les generaba incertidumbre y algo de angustia. Jhon empezó.

—Eso estuvo…

—Extraño, ¿verdad? —terminó la oración Lina.

—Extraño no es la palabra que usaría precisamente —concluyó Jhon.

—¿No te gustó? —interpeló Lina con ansiedad y preocupación.

Jhon, sintiendo la creciente zozobra de ella a la espera de su aprobación, giró sobre su torso, sus manos aun en el arroyo, y mirándola fijamente, mientras el mundo desaparecía a su alrededor.

—Fue maravilloso y definitivamente lo quiero seguir haciendo, solo contigo y nadie más. Repitiéndolo una y otra vez. Nadie más entendería esta satisfacción. Sólo tu. Nadie nunca deberá saberlo, sólo nosotros.

Lina bajó la mirada y la enterró en el fondo pedregoso de aquel arroyo cristalino. Su rostro rígido reflejaba su profunda meditación en todas y cada una de aquellas palabras. Un silencio incómodo se prolongó un par de segundos más de lo necesario. Jhon continuó.

—Lina, ¿entiendes lo que digo? —La joven levantó su rostro saliendo del letargo y terminó aquel día con una simple pregunta.

—¿Dónde podemos conseguir más zorros?

Aquellos recuerdos acompañaban a Lina y la reconfortaban mientras esperaba recostada en el suelo de madera de aquel estudio antiguo de muebles viejos. La luz del día se había retirado definitivamente y sólo la luz artificial de los postes de luz de la calle iluminaban tímidamente el cuarto. Continuaba jugueteando con la esfera de mármol rojo. Retiraba de su perfecta forma los restos de cabellos, hueso y material blanquecino que al secarse se habían encostrado. A unos pasos de ella, también en el suelo, yacía el cuerpo inmóvil del doctor Cillian Atwood. La mitad de su cráneo aplastado, tenía los huesos parietal y temporal hundidos hasta la mitad, dejando escurrir por el oído material del cerebro. El hueso cigomático del mismo lado había sido golpeado tantas veces y con tal brutalidad, que había logrado expulsar el ojo de su cuenca, dejándolo colgado de su nervio óptico.

A lo lejos, en el antejardín de la casa, sintió Lina movimiento de vehículos al parquearse. Salió de su conmoción y por primera vez se sintió violentada. Su ropa interior a medio camino en sus muslos y la blusa y el sostén abiertos por completo. Trató de acomodarse lo mejor que pudo para evitar ser vista así; lamentable, patética. No a ella, no a Lina Russo.

El primero en entrar fue Jhon, que al ver con rapidez la escena entendió claramente lo sucedido. Se retiró su saco, se inclinó sobre Lina y suavemente la arropó con él. Dos escoltas de confianza, Álvaro y Benítez, entraron un momento después y también entendieron.

—Hijo de las mil putas —ladró Álvaro, enfurecido.

Jhon no reparó en aquello y sin mirarlos, mientras salía de la habitación con Lina, les ordenó.

—¿Saben lo que tienen que hacer? —El viejo bebía en exceso y no soltaba su BMW clásico. Los escoltas asintieron y empezaron a trabajar.

Mientras se retiraban del lugar, Lina abrazó con fuerza a Jhon, se apretó contra su pecho y solo atinó en decir.

—Ya no más animales de felpa. Ya no más peludos de ojos vacíos. Ahora sólo quiero a este tipo de animales —dijo, señalando con un ademán de la cabeza, al cadáver del psiquiatra.

Jhon sonrió, miró con afecto y ternura a su mujer y asintió con un guiño.

—Por supuesto, cariño. Por supuesto.

LAGOS

El teniente Lorenzo Lagos, encargado del caso del asesino serial llamado por los medios el Tramoyista, llevaba ya seis años en la investigación. Con dos divorcios a cuestas, el policía se percibía como el principio de un muy mal chiste, de un cliché: el mismo lugar común de una larga historia de policías incapaces de mantener una relación estable. Incapaces de conciliar el equilibrio entre su trabajo y su vida personal. Pensaba, con mayor frecuencia de lo que creía, que era una pérdida de dinero seguir manteniendo un apartamento con renta, servicios, administración, etcétera, cuando mantenía más tiempo en la estación que en su casa.

«Una almohada, una cobija, un par de mudas de cambio con una bolsa de objetos de aseo personal, embutidos en el casillero de su oficina, serían suficiente para vivir en la estación». Refunfuñaba para sí el teniente mientras repasaba los resultados de la autopsia del último asesinato adjudicado al asesino serial.

Desde que se le atribuyó un patrón, un mismo *modus operandi* al primer conjunto de asesinatos, al Tramoyista se le habían adjudicado veintidós asesinatos. No obstante, Lagos sabía, por estudios del comportamiento realizados por el FBI desde la década de los 70s, que los asesinos en serie suelen empezar años atrás sin ser detectados mientras perfeccionan su estilo. Mientras cometen asesinatos de prueba. Mientras realizan pruebas piloto que los dejaran satisfechos.

Estaba embebido en su pequeña oficina, en medio de papeles, exámenes y fotografías forenses, que bien podrían haber salido de una película barata tipo *slasher*; iluminado tan solo por la lámpara de escritorio cuya luz led zumbaba en sus oídos, cuando de golpe entró la sargento Vivian Orduz azotando la puerta de vidrio. Lagos brincó sorprendido en su escritorio, dejando la lámpara tambaleando a punto de terminar en el piso.

—Carajo, Orduz. ¿No te enseñaron a tocar?

—¡Nop! Creo que ese día falté a clase o me quedé dormida.

—Eso no lo enseñan en el colegio. Eso lo enseñan en casa.

La sargento sonrió con afecto y continuó.

—Éramos una familia pequeña en una casa de puertas abiertas, así que, tampoco.

Orduz dio la vuelta al escritorio, palmeó a Lagos en el hombro y le dejó un vaso de cartón con café recién preparado de la cafetera de la esquina.

—¿Amanecimos de malas hoy, jefe? Tomó la silla en frente del escritorio, se acomodó en ella, cruzó las piernas y empezó a beber su *smoothie* de color verde y sabor desconocido. Lagos resopló y destapó el vaso que de inmediato liberó el vapor del líquido contenido.

—Gracias, Vivian. —Aspiró el vapor caliente y sorbió un poco de la bebida.

—Pero ¿qué carajos? ¿Qué diablos es esto?

—La bebida que recomendó tu médico —sonrió la sargento.

—Café descafeinado, sin azúcar y sin crema ni leche entera.

Lagos frunció el rostro arrugando la nariz y retorciendo la boca.

—¡Ugh! Más vale me hubieras traído agua sucia, sabría lo mismo.

La sargento sonrió animada por la molestia de Lagos y continuó importunándolo.

—Mira; un chico grande como tú, de sesenta y tantos...

—Cincuenta y tres —la interrumpió Lagos mirándola por encima de las gafas.

—*Ok*, cincuenta y tres. Soltero y con algo de sobrepeso, debería aprender a cuidarse solo.

—¡Oye! No tengo sobrepeso.

—Claro que sí —continuó Vivian, tratando de hacerlo enojar—. En serio, deberías venir conmigo alguna vez al gimnasio. Prometo tratarte con suavidad, anciano.

Lagos sonrió, la miró con afecto y meneó la cabeza. Vivian Orduz era toda una *Girl scout*. Toda su vida se había esforzado para ser la mejor y algo más. En el colegio, la universidad, la policía y en todo lo que se proponía. Empezó como detective en el país, pero prontamente aplicó a un cargo en la Interpol, el cual logró sin mayor esfuerzo dado sus buenos resultados tanto en sus pruebas de aptitud y actitud como físicas. Entrenaba a diario en el gimnasio cercano a la estación, pero sólo para mantener su condición, pues estaba muy bien adiestrada en casi todas las técnicas de combate cuerpo a cuerpo, defensa personal y artes marciales mixtas. En suma, podría partirles el trasero a todos y a cada uno en la estación. En cuanto a armas de fuego, las manejaba a la perfección todas y cada una de ellas. En su estadía en México, país donde aplicó para trabajar en la Interpol para la lucha contra el narcotráfico, debió aprender y a acostumbrarse a usar todo tipo de armas largas: AR 15, M4 A1, AK 74 y hasta el potente FN Fal. La mitad de la gente en la estación de la policía local no sabría tan siquiera cómo recargar un arma de estas. El ascenso de Vivian Orduz era meteórico, pero, si la vida nos enseña algo es que nada se nos da, sin quitarnos algo a cambio. La vida es cínica. La vida tiene un humor negro, muy negro. Vivian era hija única de una familia pequeña. Cuando su padre murió, ella quedó a cargo de su mamá por quien veía permanentemente. Cuando esta cayó enferma de cáncer, Vivian no dudó en renunciar para devolverse al país. Sin embargo, siendo tan buen elemento, como efectivamente lo era, la Interpol abogó para que la recibieran nuevamente en su cargo anterior; razón por la cual, terminó atorada con el teniente Lagos en el caso del Tramoyista. Lagos solía sentirse mal, pues sentía que debía ser el apoyo para ella y no al contrario. Sin embargo, era Vivian la que siempre mantenía la moral en alto. Lo animaba siempre a continuar y nunca se quejaba de su situación familiar. Cuando él necesitaba algo para el caso, no dudaba en contactarla pues sabía que siempre estaría allí, no importaba la hora o el lugar. Cuando una emergencia surgía, Lagos debía esforzarse por recordar que, antes de pedir su ayuda, tenía que preguntar primero el estado de salud de su mamá, pues sabía que Vivian, sin importar nada, haría lo imposible para ayudarlo a él antes que a su progenitora, lo cual no debía ser. Ella debía tener clara su prioridad: su familia; y Lagos sabía esto de primera mano, por experiencia y a las malas. Orduz no era particularmente una católica practicante, pero por el estado de su madre, lo único que la reconfortaba era rezar e ir a la iglesia, razón por la cual la sargento reservaba en las primeras horas de la noche, alrededor de las 7 p. m., un espacio para orar con su mamá. Lagos tenía claro esto y procuraba nunca interrumpirla a esa hora. No obstante, dicha «vocación», él y todos en la estación sabían que Orduz no se le daría nada liarse a tiros con cualquier delincuente, y ninguno dudaría tenerla de su lado.

—¿Qué haces tan temprano en la estación? —dijo Lagos para continuar la conversación mirando de reojo su reloj—. No son ni siquiera las 6 a. m.

—Pasaba por aquí, vi la luz de mi jefe encendida y pues decidí venir. ¿Qué hay que hacer?

Lagos la miró de nuevo, sorbió un poco del café que le había traído y continuó.

—Estoy revisando los resultados del laboratorio del último asesinato del Tramoyista, pero no hay nada concluyente. La gasolina que encontramos en el lugar…

—Es una gasolina *premium* que venden varias marcas en más de 200 estaciones de servicio —lo interrumpió Orduz—. Sí, anoche revisé el reporte en mi celular. ¿Sabías que puedes recibir esos resultados en tu Smartphone? Puedo configurártelo si quieres…

Lagos rezongó e interrumpió a la joven.

—Sí, sí sé que lo envían al celular. Solo prefiero revisarlos impresos. Me resulta mejor así.

Vivian se recostó en su silla, la cual se quejó por los años; cruzó los brazos detrás de su cabeza, y concluyó.

—Como quieras. Pero una cosa sí te digo. El tema de la gasolina es un callejón sin salida.

Lagos la ignoró y siguió desparramando los papeles en su escritorio revisando la evidencia. Orduz bufó pesadamente y continuó.

—Jefe, ¿me explicas de nuevo tu teoría? —Sin mirarla, Lagos respondió de manera tajante.

—¿Cuál teoría?

—Aquella de que el Tramoyista es un chico rico.

Lagos se retiró sus gafas, las tiró en el escritorio sin preocupación y se reclinó en la silla. Miró fijamente a su compañera para determinar si su pregunta era genuina o si simplemente hacía conversación y respondió.

—El Tramoyista lleva más de seis años cometiendo asesinatos sin dejar pistas y jugando con sus víctimas al titiritero. En cada uno de sus actos, interpreta obras de teatros o arte que distan mucho del conocimiento común.

Lagos sacó una fotografía en particular del caso que estaba analizando, el último, y se lo arrojó a Vivian.

—Por ejemplo, este. —Vivian lo interrumpió.

—Ese día no pude ir a la escena porque mi mamá estaba en terapia.

Lagos levantó ambas manos para tranquiliza.

—No te preocupes. —Y continuó—. A este sujeto lo ataviaron como la obra *La sabiduría* en el museo El Prado y luego lo quemaron con gasolina *premium*. Obviando la parte de la gasolina; nuestro asesino ejecuta en sus víctimas obras de museos que no son del conocimiento general. Por ejemplo, si tú o yo vamos a París, nos tomaríamos un sin número de fotos en el Louvre y, tal vez, si nuestro asesino también hubiera ido a Paris, sería razonable que todas sus «obras» tuvieran un paralelismo con el Louvre, pero este no es el caso. En este caso, tomó una obra del museo El Prado, el cual, si bien es conocido, no es de los más conocidos. En otro de sus asesinatos, sacó referencias de una obra del museo de Tretiacov en Rusia. ¿Quién carajos conoce el museo de Tretiacov? Mi mejor apuesta: un rico.

Vivian lo interrumpió tomando la foto de la última víctima y terminó:

—O un estudiante relegado de arte.

Lagos le arrebató la foto de la mano a Orduz, la arrugó en su puño y apuntando hacia ella le interpeló.

—A un chico universitario, ya lo habríamos agarrado hace tiempo. ¡No! Este sujeto tiene recursos, medios y ayuda. Ahora que lo pienso no sé si deberíamos llamarlo el Tramoyista o los Tramoyistas.

Vivian abrió la gaveta superior del escritorio de Lagos, ojeó las carpetas y sacó el expediente de alguna de ellas y las tiró pesadamente en el escritorio, haciendo énfasis una por una.

—Violador, asesino, violador, narco, pederasta, pederasta, asesino, narco. Tal parece que nuestro chico tiene un gusto por los criminales. Tal vez deberíamos darle una medalla a este tipo en lugar de perseguirlo, pues parece que nos está ayudando a hacer nuestro trabajo.

Lagos miró por primera vez con desdén y molestia a Orduz.

—Pues dale una medalla. —Y recogió los papeles del escritorio—. No te equivoques. Este sujeto no es Batman, Ironman ni Superman. Este tipo, o tipos, están completamente locos.

Vivian se sintió avergonzada, se acomodó en la silla, aclaró su garganta y levantó las manos en rendición.

—Lo siento, jefe. ¿Qué hay que hacer?

En ese momento sonó el teléfono en la oficina del teniente, quien levantó la bocina, escuchó con detenimiento, asintió a su interlocutor para luego colgar. Miró a Vivian visiblemente afectado y terminó.

—Tenemos otra víctima.

JHON

Terminaba el último sorbo de su trago, de su muy favorito trago, el Remy Martin XO, cuando Lina irrumpió de manera estrepitosa en la sala.

—¿Dónde diablos estabas?

La postura siempre rígida, siempre guardando la compostura sin perder los cabales permaneció en Jhon, quien, sin mirar a su mujer, le respondió.

—Sabes perfectamente donde estaba. La Junta Directiva quería un informe pormenorizado de los proyectos de la *holding* y quería escucharlos de mí directamente.

Lina resopló sin ocultar su ira y respondió sin guardarse nada.

—Si no podías ir, me lo hubieras dicho y lo hubiéramos reservado para otro día. Hubiera esperado para hacerlo juntos.

Jhon, siempre impoluto en su compostura, respondió.

—Lo siento, cariño. Fue de última hora. —Bebió de golpe el contenido restante de su vaso y continuó—. Después de los meses del secuestro, y las semanas que tomé como tiempo libre, causaron a los inversores inquietud sobre mi capacidad para continuar al frente de la compañía. Sabes que no puedo darle ese gusto a la competencia.

Observó a Lina con cariño, se acercó a ella y abrazándola terminó.

—No podemos darles gusto a esos buitres. Somos más que eso. Somos más, mucho más que ellos.

Jhon sintió como el cuerpo tenso de su esposa se relajó en sus brazos y su ira se disipó a medida que más fuerte la abrazaba. Continuó.

—Cuéntame, ¿cómo te fue con nuestro «amigo» el comandante?

De golpe, Lina sintió de nuevo el afán del día, sus azares y sin más se separó del abrazo manipulador de su esposo y le respondió.

—No muy bien. Para nada bien. Debemos hablar urgente de ello.

De nuevo, Jhon intentó acercarse a su esposa, pero en esta oportunidad ella lo rechazó. Ante la actitud de Lina, Jhon le advirtió.

—Los niños están en casa, en sus habitaciones. Es mejor que hablemos de esto en privado más tarde, cuando estén dormidos.

En ese momento, la expresión adusta de Lina regresó y su rostro se endureció.

—Debemos hablar de esto, Jhon. Es urgente. Es en serio.

—Y Te creo. No dudo de ti, ni por un segundo. Te veo inquieta. Y por la razón que sea, te creo cuando dices que debemos hablar. Sin embargo, creo que debemos hacerlo luego, en otro lugar. En otro momento.

Lina resopló, se echó la mano al rostro recorriéndolo desde su frente hasta la barbilla y permaneció así por largos segundos mirando el paisaje capitalino a través de los ventanales de tres alturas de su apartamento. Concluyó:—Esto es serio, Jhon. Debiste haber estado allí. Debiste haberle preguntado a ese imbécil por qué te mandó a secuestrar. Debiste ver su rostro y determinar si decía la verdad.

Jhon se acercó a su esposa, y esta vez, sin forzarla, solo tomándola de los hombros, le respondió.

—Lo siento, cariño. De verdad, lo siento. Pero creo que mi presencia allí no hubiera logrado nada distinto a lo que tú conseguiste.

Lina sabía que las palabras de su esposo solo buscaban manipularla y lo odiaba, pues nadie, ni siquiera él, su amado Jhon, lograría aquello.

Sin embargo, tenía razón. Difícilmente la información que ella consiguió ese día la habría podido conseguir Jhon. Así que decidió darle gusto a su esposo.

—Muy bien, luego hablaremos cuando los niños estén dormidos. —Besó a su esposo y se retiró a su cuarto.

Jhon observó a Lina todo el camino que recorrió por las escaleras hasta perderse en el segundo piso. No era el único que observaba y esperaba su momento. Álvaro, su escolta de confianza y jefe del equipo de guardaespaldas más cercanos de la familia, esperó el momento adecuado para acercarse a su jefe. Cuando vio que la esposa se había retirado, entró rápidamente a la sala.

—Buenas tardes, señor —avisó con respeto su presencia el escolta.

—¿Qué sucedió, Álvaro? —Apresuró Jhon la respuesta del escolta.

El escolta miró a un lado y al otro de la sala buscando donde sentarse para dejarle saber a Jhon que la situación requería una conversación mesurada, calmada. Jhon le ofreció una silla y este continuó.

—Señor, tal como nos lo ordenaron, extrajimos a la persona requerida de su lugar de domicilio. Tomamos todos los equipos electrónicos: tabletas, computadores y celulares; y junto con el tango, los llevamos al destino indicado.

Jhon levantó su mano para interrumpirlo y hacer que guardara silencio.

—Quieres decir ¿el comandante Héctor?

Álvaro asintió con un leve meneo de su cabeza y continuó.

—Una vez ahí, la señora Lina nos dio las indicaciones de cómo debíamos asegurarlo. Lo hicimos y esperamos.

—¿Esperaron? —preguntó Jhon inquieto—, ¿a qué?

La pregunta hizo incomodar notablemente a Álvaro, quien, con algo de vergüenza y timidez, respondió.

—A usted, señor.

Jhon se reclinó en el sillón dejando escapar un bufido.

—Continúa.

—La señora Lina lo esperó por un par de horas y nos preguntó si sabíamos de su paradero. Al no tener respuesta, ella empezó a hablar con el guerrillero.

—A «hablar», seguro —dijo Jhon con burla.

Con algo de timidez Álvaro respondió.

—La señora Lina puede ser muy persuasiva. No pasó más de una hora desde que empezó a interrogar al comandante ese, cuando ya había terminado.

—¿Sabe qué le dijo?

—No, no, señor. Sólo sé que la señora Lina salió muy molesta, nos dejó ahí y se fue. Fue en ese momento cuando lo llamé para preguntarle qué hacíamos.

—¿Se deshicieron de las pruebas? ¿Qué hicieron con el cuerpo?

—Lo quemamos como la vez pasada y recogimos todo lo que la señora Lina había dejado. Señor, dejó particularmente un desorden.

«¿Un desorden?», se preguntó Jhon, sin siquiera querer saber a qué se refería, pero la imagen de otrora de un zorro despedazado volvió a su mente. Suspiró, y caminó hasta el bar, destapó la botella de coñac y se sirvió de nuevo un trago doble. La cerró y echó un par de cubos de hielo. Giró el vaso un par de veces y sorbió todo su contenido de un golpe. Caminó en círculos en la sala mientras mascullaba sus pensamientos para sí. Se detuvo, miró al piso, respiró una última vez pesadamente y sin mirar a Álvaro, le preguntó:—¿Qué sabemos del mayor Buenaventura?

MAX

Los sedantes que sus captores le suministraban lo mantenían permanente atontado. Dos veces al día, una en la mañana y otra en la tarde, le suministraban de manera intravenosa el lechoso líquido. La sensación de letargo era tal, que difícilmente le permitía comer, beber o mantenerse en pie. No obstante, gracias a su entrenamiento militar, sabía que debía aplicar su máximo esfuerzo en mantenerse nutrido e hidratado, pues sólo así podría garantizar que, en la eventualidad de tener que lidiar con una fuga, contar con las fuerzas suficientes para atravesar la trocha, la vorágine y cualquiera fuera de la jungla que se le abriera adelante.

Desconocía su paradero exacto desde que fue secuestrado hacía varios meses. No obstante, sí intuía que, gracias al acento de las diferentes personas que habían pasado por ahí, para vigilarlo, alimentarlo y drogarlo, la zona donde se encontraba era la misma donde se ubicaba la residencia de Jhon Terranova el día cuando lo confrontó y terminó raptado.

El mayor Maximiliano Buenaventura no sabía que lo jodía más el hecho de estar secuestrado, estar física y moralmente disminuido, tener su dignidad apaleada o haber sido derrotado en su propio «juego» por un *riquillo* escuálido, sin ningún tipo de entrenamiento y desarmado.

«Hijo de las mil putas», se torturaba el militar una y otra vez. No importó su gran entrenamiento en fuerzas especiales. Poco valió su enorme experiencia en operaciones de inteligencia. De nada sirvieron sus miles de horas en combate terrestre y marino con sendas bajas confirmadas. No, fue ese maldito burgués, ese cretino de cuna oro y manos de «pianista» el que lo tumbó, lo derrotó y lo humilló. Debía vengar a su unidad; debía vengar a todos sus hombres asesinados. Todos ellos dieron sus vidas para sacar a ese imbécil de la selva. Cuatro vidas para rescatar a ese psicópata. Cuatro vidas para desatarlo de nuevo en la sociedad.

Al infante de marina Barrera lo partió la guerrilla por la mitad con una granada de RPG, cuando recién empezaba la misión. Al cabo Ramírez le reventaron el cuello mientras protegía a Terranova para que lo extrajeran de la selva. Y Gutiérrez, el gran amigo de Max, el sargento Gutiérrez, dio su vida para que todos salieran de ese caos. Dio su vida para que él, Maximiliano, pudiera vivir. Dio su vida para que él, el vip, el «más importante» de la misión, saliera con vida. Para que volviera a torturar a sus víctimas. Para que volviera a asesinar.

Max sentía el peso de esa responsabilidad. Él y sólo él era «cómplice tácito» de las muertes que pudiera causar Terranova después de rescatarlo. Él, y solo él, era culpable de haber impedido que aquella muchacha, aquel día en la rueda de prensa de la liberación de Jhon, asesinara al Tramoyista, asesinara al Guahaihoque. Asesinara al gran empresario Jhonatan Terranova. Carolina Rendón, cegada por la venganza después de ver el cadáver trepanado de su hermana Carolina por Jhon en la selva, supo que él debía morir. Pero en ese momento Max no sabía la verdad, desconocía la historia completa y por eso, para colmo de males, no solo impidió que Carolina asesinara al psicópata, sino que la mató en el proceso. Le disparó por la espalda reventándole el pecho en pedazos. Una vida perdida; sangre en sus manos que también pesarán en las futuras víctimas del asesino.

«Maldito, hijo de las mil putas. Pagarás, juro por Dios que vas a pagar». En esas largas jornadas de desvelo, Max rumia múltiples ideas y formas para llegar donde Jhon para lograr acceder a su casa, su oficina, su imperio. Debería sortear múltiples anillos de seguridad fuertemente armados, fuertemente apertrechados y altamente adiestrados. Tenía que ser un momento adecuado, el momento perfecto. La hora precisa.

«La hora del té». Lo que sabía que debía hacer debía hacerlo sin que su familia estuviera presente. No podía castigar a Jhon delante de sus hijos y su esposa; su hermosa esposa, Lina, que, inocentes de la situación, nunca entenderían lo que le haría a Jhon. En esta oportunidad tendría la precaución de acceder a Terranova con un ojo en todos los miembros de su escolta. Al menos uno de ellos era cómplice de Jhon, al menos uno conocía su doble vida y si no fuera de esta manera, al menos uno o dos participaron en su secuestro; uno o dos lo pusieron en este predicamento y, por lo tanto, uno o dos también iban a pagar.

En el lapso entre la inyección del sedante de la mañana y la de la tarde, Max sabía que su oportunidad sería durante el segundo momento, pues previo a esa inoculación era cuando más se sentía alerta. En la mañana, sin haber dormido bien, tras el largo ayuno y con su ciclo circadiano aún en fase nocturna, le haría imposible enfrentar a sus captores. Sabía que, en condiciones normales, desarmarlos, noquearlos y dejarlos fuera de combate sería una tarea sencilla para él, pero en estas circunstancias se encontraba con una enorme desventaja, la cual debía estrechar lo más que pudiera.

«La rana dardo dorada», pensaba Max sobre el medio que usó Jhon Terranova para fugarse de sus captores. Aunque le desagradara, tenía que admitir que fue un método, no sólo efectivo, sino notablemente ingenioso. Envenenar a todos sus captores con la toxina del anfibio, sin que estos tan siquiera se dieran cuenta, fue una acción arriesgada, incluso para su propia integridad física, pero definitivamente creativa. Hacer creer a sus carceleros que se trataba del ataque demoniaco de la deidad oscura muisca conocida como el Guahaihoque fue la cereza del pastel. Desestabilizar de esa manera la psique de un colectivo fue asombroso.

«Batracotoxina», meditaba Max sobre el veneno del pequeño animal. Jamás se olvidaría del término. Para su plan no contaría con una estratagema tan elaborada, tan complicada, pero confiaba que su entrenamiento lo sacaría de allí. No dudaba de ello; porque, si alguien tan escuálido y citadino como el empresario Terranova lo consiguió, «¿cómo no sería posible que él lo lograra?».

Sí, sin lugar a duda escaparía y luego debería ocuparse en planear cómo le cobraría las cuentas a Jhon. No, Max no iría con la policía, ni con la justicia, ni con ningún otro ente gubernamental. El momento para eso había pasado justo cuando decidieron secuestrarlo. Él se encargaría personalmente de reivindicar a su equipo, a Carolina y a él.

ORDUZ

Vivian salió veloz de la oficina de su jefe y rápidamente se dirigió a los vestidores. Llegó a su casillero e intentó una, dos y tres veces abrir el candado de combinación. «Carajo, ¿qué le pasa a esta cosa?». Respiró profundamente, cruzó uno de sus brazos sobre la puerta metálica y dejó descansar su cabeza en su antebrazo. No estaba ahí para ayudar a su jefe, no estaba allí para ver qué podía adelantar en la investigación. Simplemente no quería estar en su casa. No quería ver a su madre morir, no quería verla desvanecer.

«Madre es el nombre de Dios en los labios y corazones de los niños. Ver morir a Dios es jodidamente triste». Se sentía terriblemente mal evadir a su madre, ignorarla. Pero su corazón no resistía.

En las mañanas, muy temprano, ella verificaba que su madre estuviera bien, si la expresión fuese permitida dadas las circunstancias, para luego ir al gimnasio cercano a la estación de policía para entrenar hasta el cansancio, hasta la extenuación, hasta casi desmayarse y desfallecer. Desfallecer sería ideal, no le dejaría pensar. Suficiente dolor había sentido con la muerte de su padre para ahora tenerse que preparar de nuevo para una segunda pérdida, era algo que sencillamente no podía tan siquiera pensar.

Bufó pesadamente, exhaló una gran bocanada de aire e intentó de nuevo abrir el candado; lo abrió y sacó su mochila deportiva con la muda de ropa y los envases de jabón, champú y acondicionador que siempre mantenía llenos. Se dirigió a las duchas y se aseó tan pronto le fue posible. Le había pedido a Lagos que se adelantara a la escena del crimen y que ella lo alcanzaría allá, eso le daría algo de tiempo para poner sus cosas físicas y mentales en orden, pero tampoco quería abusar de su jefe tomándose un tiempo más de lo necesario. Orduz sabía que el teniente la necesitaba, así fuera sólo para darle apoyo moral. Este caso no solo le había drenado las energías al veterano detective, sino también le había socavado su imagen ante sus superiores en el cuerpo policial, por no traer resultados contundentes durante tanto tiempo.

«Maldito, psicópata», renegaba Vivian mientras se vestía. Un recuerdo emergió de golpe en su mente que le hizo fruncir el ceño. Quedó pensativa por varios minutos en la banca fría de metal. Observaba el piso ajedrezado del vestidor girando sus ojos de un lado al otro tratando de hilvanar sus pensamientos «¿psicópata o sociópata?». Recordó algunas de sus clases en la materia de ciencia del comportamiento. En estas, se hacía especial ahínco en no confundir la psicopatía con la sociopatía dado que se trataba de desórdenes diferentes con conductas diametralmente distintas. Mientras que para el sociópata obedecer y dar rienda suelta a sus impulsos y estallidos violentos lo hace fácil de ser identificado y aislado por la sociedad, el psicópata es calculador, extremadamente cuidadoso con las formas y orientado a conseguir grandes objetivos solo con el fin de alimentar su ego, hace que se pueda camuflar fácilmente en la sociedad e incluso lograr su admiración. Esto último podría encajar perfectamente en el perfil de que un millonario fuera el Tramoyista. Narcisista, egocéntrico y volcado a lograr su satisfacción personal. «Carajo, cualquier millonario cabría en el perfil».

LINA

Estaba sentada en su lado de la cama en la enorme habitación principal de uno de sus tantos apartamentos. Respiraba profundamente tal como le habían enseñado en sus clases de yoga. Empezaba expandiendo su abdomen, luego su caja torácica, para terminar con la respiración clavicular. Estaba furiosa.

Jugueteaba con los dedos de los pies en el tapete de alpaca al pie de su lado de la cama. No era lo mismo que se recomendaba para descargar energías en el prado, pero cumplía su función. La relajaba un poco. Se había servido una copa de vino y un vaso de agua con gas, pero lo cierto era que no tenía ganas de beber. Solo quería que Jhon llegara para poder conversar. La condensación del vaso empezó a filtrarse por las paredes de cristal mojando su mesa de noche de madera de flor morado. Le fastidiaba pensar la marca circular que dejaría en el mueble, pero las gotas de agua descendiendo, al principio lentamente y luego con rapidez, le ayudaban a distraerse. Seis, siete, ocho gotas. Un charco del líquido que se agolpaba en el fondo del vaso. Se sintió adormilada, se espabiló, salió del letargo y cogió con furia la copa de vino. Tomó tres grandes sorbos, el último lo dejó en la boca, hizo un gorgoteo y se lo tragó de golpe.

«Qué falta de decoro y buen gusto —se criticó de manera socarrona—. Si mi madre, la gran Vivianne de Russo me viera». Sonrió. Se tranquilizó un poco.

Entró Jhon al cuarto. Vio a su esposa inquieta y decidió entrarle al tema sin más rodeos. Había verificado que los niños estuvieran en sus cuartos distraídos con sus temas, aún no dormidos, pero sí entretenidos.

Se sentía avergonzado porque en gran medida Lina tenía toda la razón y los argumentos para estar molesta. No sólo este mecanismo de catarsis, de liberación, de exaltación de sus espíritus a través de asesinatos perfectamente planeados y finamente ejecutados lo habían empezado juntos; sino también se trataba del imbécil que había orquestado su secuestro y lo había alejado de ella. Ese era el momento de balancear las cuentas. De saldarlas; y él no había estado para ello, no había estado para ella.

—Siento no haber estado allí. En serio. Esto era realmente importante para mí y sé que era muy importante para ambos. De veras lo siento.

Lina inhaló profundamente, apretó los ojos tratando de buscar en su cabeza las palabras adecuadas para iniciar la conversación y respondió:—No te preocupes. Sé que la *holding* te necesita. —Abrió los ojos y miró a Jhon que ahora estaba sentado junto a ella en la cama.

—Esto ha acabado con el comandante ese, con el tal Héctor.

—¿Por qué lo dices? ¿Qué averiguaste de ese tipo?

Lina volvió a cerrar los ojos. Se apretó el arco de la nariz. Una migraña que ascendía desde la parte de atrás de su cabeza empezaba a agolparse.

—Lo tuyo, tu secuestro; no fue cosa de la guerrilla, fue contratado. Alguien contactó al comandante y le ofreció 20 millones de dólares por secuestrarte.

Jhon, que hasta ese momento había estado perfectamente sentado en la cama, impoluto en su postura, como siempre acostumbraba a ser, se inclinó hasta apoyarse en sus brazos y se hundió en el mullido cobertor, se levantó de golpe de la cama y dio un par de vueltas hasta quedar de nuevo frente a su esposa.

—¿Qué más te dijo?

Lina dudó por un instante. «Duda. El caldo de cultivo para un desastre». Y continuó.

—Pero no querían secuestrarte. Te querían muerto.

—¡¿Qué dices?!

—Debían simular un secuestro y mantenerlo así por varios meses, hasta que, como suele suceder en este país, ya no fuera noticia de primera plana y la gente empezara a olvidar el tema, y ahí sí, matarte para desecharte en la selva. Pero eso no es todo.

Jhon continuó de pie, rígido, analizando cada palabra de su esposa y cada gesto. No quería perder nada de la información. Ni verbal, ni no verbal. Finalmente, Lina sentenció.

—Parte del contrato era que sólo tú debías ser secuestrado, pero debían garantizar, a través de cualquier medio, que Pablo Picketty no asistiera ese día al almuerzo. Debía faltar.

Jhon apretó sus puños hasta drenar la sangre de sus nudillos dejándolos blancos. Pero de inmediato se relajó, exhaló suavemente y sentenció.

—Él no sabía nada de esto. No participó.

Lina bufó con impaciencia, se levantó de golpe de la cama para quedar de frente de su marido.

—Tú siempre lo defiendes. Siempre estás de su parte.

Jhon observó a su esposa un poco extrañado por su reacción, pero consciente de que no era la primera vez que Lina se mostraba inconforme con su amistad con Picketty. Pablo era su único amigo, si es que alguien como Jhon tuviera la capacidad de tener amigos o crear tales lazos. Lo conocía desde el colegio; fueron a la universidad juntos y crearon la empresa juntos. Lina tenía una opinión contraria, pues sentía que la empresa la había levantado Jhon y Picketty se había valido de su amistad para aprovecharse y crecer a la sombra de su esposo.

Aprovecharse de sus éxitos. Lo cierto es que, en la génesis de la *holding* Industrias Terranova, Picketty fue su primer gran inversor y esto tenía un sentido significado para Jhon.

—Cariño, esto nada tiene que ver con tomar partes; solo con los hechos y datos. Si Pablo hubiera tenido algo que ver en mi secuestro, no hubiera sido parte del objetivo del comandante impedirle que asistiera a la reunión con el ministro ese día, ¿no crees?

Lina rezongó una vez más, clavó su barbilla en el pecho y abrió sus brazos levantando las palmas de sus manos en señal de rescindir el debate.

—Bien. Como sea. Puedes tener razón.

Ambos quedaron en silencio unos largos minutos y permanecieron así hasta que Lina terminó.

—No obstante, Picketty nunca te dijo algo de eso, ¿verdad? ¿Por qué crees que habrá sido? Piénsalo. —Y se retiró del cuarto para encerrarse en el baño.

Jhon permaneció en la mitad del cuarto, inmóvil. Escuchaba los grifos y el barullo del agua caer en la tina mientras Lina preparaba un baño caliente para terminar de asearse del encuentro de ese día. Esa era parte de la ceremonia que hacían juntos cada vez que asesinaban. Era la parte final de sus puestas en escena, de sus obras. Era el epílogo que exaltaba sus espíritus y los dejaba libres. Pero en esta ocasión él estaba aquí y ella allá, sola. Solos. Abandonados.

Jhon dio unos pasos firmes en dirección al baño y se detuvo en la puerta. Posó su mano en la madera blanca y desistió en entrar. Ira empezó a brotar y su diafragma comenzó a apretarse. Salió del cuarto, tomó su celular, deslizó la pantalla de contactos y marcó.

—Hola, ingeniero. ¿En qué anda, mi viejo? —respondió Pablo Picketty al otro lado de la línea.

—Hola, Picketty. Todo bien. ¿En dónde andas? ¿Qué haces?

—Estaba en el bar de la 130. Ya casi iba de salida.

—No, no te vayas. Espérame y en un rato llego.

—Por supuesto, ingeniero, acá te espero.

Jhon colgó la llamada, navegó de nuevo en la pantalla de su celular y marcó.

—Álvaro.

—Señor.

—Voy a irme con Benítez al bar de la 130. Usted vaya solo a la casa de los Picketty. Espere afuera. En un momento lo vuelvo a llamar y le doy más instrucciones.

Se escuchó al otro lado un clic inmediato sin preguntar, sin cuestionar.

LAGOS

Agradecía estar solo y no haber venido con Orduz. La escena del crimen estaba ubicada en un conjunto residencial que estaba programado para ser demolido y debió subir diez pisos para llegar al apartamento donde se ubicaba el occiso. Si la detective lo viera en estos momentos, no dejaría de molestarlo por su pésimo estado físico e insistirle en que debía ir con ella al gimnasio. «Maldita sea Orduz. No me jodas», sonreía con dificultad Lagos con el aire escapándosele de los pulmones. Finalmente llegó al último piso. Se inclinó con las manos apoyadas en sus rodillas tratando de recuperar el aliento.

—¿Muchas escaleras para usted, teniente? —Se oyó desde el final del pasillo una voz con claro tono burlón. Sonrisas tímidas de fondo.

—No me jodas, Castillo —respondió resoplando Lagos, al técnico forense vestido de mono blanco.

—No dejes que te vea así Orduz, o te va a fastidiar por un buen tiempo.

Lagos se incorporó lentamente, estirando su torso al máximo y tomando una última gran bocanada de aire tirando su cabeza hacia atrás. Siguió caminando por el pasillo hasta alcanzar al técnico. Le ofreció su mano.

—Nada bueno, teniente. Esta vez se les fue la mano. Vamos, por aquí.

Adentro del apartamento estaba el equipo de Castillo recolectando muestras aquí y allá. Todos perfectamente ataviados con sus equipos antisépticos, perfectamente sellados en cada articulación y en el rostro. Las lámparas iridiscentes, imposible de mirar directamente, emanaban una potente luz blanca que hacía lucir el recinto como de día. En el centro de una de las habitaciones, la que parecía ser la alcoba principal, atado de pies y manos colgaba el cuerpo desde cada una de las cuatro esquinas. Al estar quemado, no se apreciaban a primera vista las heridas, no obstante, era evidente que la más probable causa del deceso era una varilla de hierro de una pulgada que atravesaba su caja torácica, desde la altura del cuello hasta la parte baja de la espalda; dejando ver la barra de metal sobresalir, de diez a quince centímetros por encima de su glúteo izquierdo probablemente fracturando la cadera de ese mismo lado.

—Lo empalaron —murmuró Lagos, con obviedad.

—Una perogrullada; pero sí. O al menos eso intentaron. Las varillas de los brazos y las piernas son de menor calibre y se las atravesaron por entre la tibia y el peroné, y entre el radio y el cúbito. Pero eso, creo, lo hicieron para evitar que se moviera.

Lagos dio un rodeo en torno al cuerpo y observó con detenimiento los muñones.

—Para evitar que se moviera mientras le cortaban las manos y los pies.

—Así es —puntualizó Castillo sin demostrar ninguna emoción.

Luego, levantó la mirada de su bloc de notas, dejó de escribir y apuntó su lápiz número dos, trazando una línea imaginaria hasta la esquina del cuarto; Lagos la siguió con la mirada hasta donde le apuntaba el técnico.

—Amontonaron los restos en esa esquina y luego los incineraron.

—¿Sin huellas?

—Sin huellas. También le arrancaron el cuero cabelludo.

—¿Lo escalparon, como los indios?

—No, no precisamente. Los indios usaban herramientas con filo. A este se lo arrancaron a punta de fuerza bruta; tal vez con un alicate o algo así. Tal vez usaron lo mismo para arrancarle los párpados.

Lagos giró de golpe con una evidente cara de disgusto y malestar, frunciendo el entrecejo.

—¿Le arrancaron los párpados?

—¡Aja! Así es.

El teniente resopló emitiendo un casi inaudible silbido. «Maldito loco». Desde el fondo del pasillo, fuera del apartamento, por el eco de la construcción vacía, se escuchaban, reverberando fuertes saltos en las escaleras; subiendo de a dos o tres escalones por salto. «Orduz». Los técnicos y los policías en uniforme empezaron a aclarar sus gargantas y a enderezar sus uniformes tratando de aplancharlos con las manos. Castillo se estiró, tratando de pararse lo más derecho que le fuera posible; sumió su prominente barriga que el mono blanco exponía sin conmiseración. De golpe, la grácil figura de la sargento se dejó ver en la puerta del apartamento sin una gota de sudor y sin la más mínima muestra de agotamiento por subir los diez pisos.

—Hola, gente. ¿Cómo va la vaina?

Sabiendo lo que acababa de suceder unos segundos antes, Lagos sonrió con maña. Miró a Castillo, y le gesticuló para que arreglara la cofia de su traje. Castillo instintivamente le echó mano al pequeño gorro, pero medio segundo después se dio cuenta de la burla del teniente. Lagos se carcajeó en silencio.

—¡Por acá, compañera!

Volvió a guiñar a Castillo insistiéndole que acomodara su ropa. Pero esta vez, este le respondió con su dedo del medio. Lagos sonrió de nuevo.

—Hola, jefe —saludó a Lagos con un par de fuertes palmadas en el hombro, dio la vuelta y con voz melosa, continuó—. Hola, Castillo. —Le dio la espalda al técnico, miró a Lagos y le picó el ojo con sonrisa socarrona. Este le respondió con voz casi muda, solo para que ella escuchara.

—Eres terrible. —Orduz le volvió a sonreír. Arrugó la nariz con una mueca y mordió su lengua con gesto infantil.

La sargento llevaba un tiempo con Lagos, y, a este, aún le sorprendía un poco que Orduz no se inmutara por las dramáticas escenas que dejaba atrás el Tramoyista. Un camino de entrañas y sangre. En alguna oportunidad, ella le comentaba que esto se debía a su tiempo en México. En aquella época, ver el salvajismo con que los diferentes carteles marcaban su territorio le hicieron desarrollar un estómago para todo eso; no la enorgullecía, pues cuál más la tomaría por insensible, sin serlo, sólo que ahora todo eso lo veía como parte del trabajo.

Castillo se espabiló del momento incómodo, aclaró la garganta y continuó con su exposición.

—Ahora bien, detectives. Aquí hay algo que me llamó la atención. Por el estado del cuerpo, incinerado. No puedo ser tan concluyente como quisiera, pero noté algo curioso en ciertas partes de la piel de los miembros cortados.

Sacó una pequeña linterna de su bolsillo, la encendió, se inclinó por debajo del cuerpo. Apuntó el haz de luz a la altura de la pantorrilla izquierda para que pudieran observar los policías.

—Equimosis.

—Ajá —respondió Lagos sin mayor sorpresa—. Lo estaba torturando, le cortó el pie mientras aún vivía.

—¡Exacto!

—¿Y qué con eso? —increpó impaciente Orduz, pues sabía que venía algo más.

Castillo se levantó lo más rápido que su corpulencia le permitía y se dirigió donde estaban los miembros amontonados. Tomó una de sus manos, la que tenía sus dedos cortados, la giró dejando la palma hacia arriba y se las enseñó.

—Miren. —Iluminó una pequeña sección donde antes estaba el dedo anular. Una parte de piel aún sin quemarse por completo.

—No hay equimosis —refunfuñó Lagos.

—Exacto. Si estaba torturándolo, ¿no sería obvio que empezara a cortarle primero los dedos para luego continuar con las manos y los pies? ¿Para qué cortarle los dedos después de que la mano ya estaba cortada?

—Pero sí lo estaba torturando —respondió Lagos—. De eso no hay duda.

—Algún *souvenir*, ¿quizás? —aportó Orduz sin convicción y mucho de desdeño.

—Lo dudo —agregó Lagos—, pues su sujeto no es de *souvenirs*.

Los tres permanecieron inclinados un momento en silencio. La primera en levantarse fue Orduz, quien empezó a juguetear con sus uñas en la cacha de su pistola.

—Tal vez se los dio de botana —sugirió en tono burlón.

—¿Qué... qué dijiste? —Se levantó Castillo, parándose rápidamente.

—Que tal vez se los dio de botana.

Lagos y Castillo quedaron frígidos por la sencillez de la hipótesis. De golpe salió el técnico dando tumbos y gritando a todo pulmón, pidiendo que le pasaran una lengüeta para intubar. Al momento regresó con el aparato metálico con otro técnico también vestido de mono blanco. Se ubicaron a la cabeza del cuerpo. Gesticuló a Lagos y a Orduz para que ayudaran a iluminar y observar. Le indicó al técnico que tomara la cabeza y la tirara un poco hacia atrás para que la tráquea quedara totalmente alineada. Luego introdujo la lengüeta en la tráquea aplastando con esta la lengua del cadáver para poder dejar la vía respiratoria completamente libre e iluminó con la linterna. Al principio no se veía nada. Luego, un resquicio, un pequeño arañón, un pequeño rasguño en el tubo digestivo alto.

—Esto lo hizo una uña al pasar, al tratar de tragársela. —Una gota de sudor rodó su mofletudo cuello hasta perderse en el mono blanco. Se paró de golpe y ordenó a los gritos a todos sus forenses.

—¡Nos llevamos este cuerpo ya mismo! No hay tiempo para más pruebas o muestras de campo.

Luego miró a los detectives y concluyó.

—Cualquier huella dactilar que pudiéramos conseguir de este tipo, se está diluyendo en este instante en sus jugos gástricos.

MAX

Los gritos, alaridos y aullidos desesperados de dolor rasgaron el aire del tranquilo y solitario paraje. En esa zona sólo estaba ese asentamiento derruido compuesto por tres edificaciones de barro y bareque con techos de latón. Una de las construcciones era la edificación principal, la cual era la mejor dotada. Tenía una cocineta de petróleo y madera, una mesa metálica ya oxidada con dos sillas y un catre. Fuera de ella, colgada en la entrada, se encontraba una vieja hamaca raída que en sus mejores épocas había sido de colores vivos e intensos; pero ahora, solo lucía un arcoíris de colores muertos y monótonos. No obstante, aún cumplía su función. La otra construcción era un establo rodeado por un muro a media altura, el cual, en algún momento, había servido para jumentos, pero que ahora sólo servía como una suerte de cuarto de san alejo para muebles viejos, troncos amontonados que usaban para la cocina y otras cosas tan antiguas que eran difícil de identificar. La tercera construcción era de un único espacio pequeño que servía de habitación y era donde tenían retenido a Max.

Todos los días, en la mañana y en la tarde, sus guardianes lo alimentaban, lo drogaban para mantenerlo sumiso y sacaban el cubo metálico que le servía al mayor del ejército para hacer sus necesidades. Durante estos meses de secuestro, Max nunca salió de aquel cuarto y el único sol que veía era el que se colaba por las rendijas de la puerta de madera, compuesta por cuatro tablas sujetas por otras dos tablas clavadas a estas.

En los primeros días de su retención, los dos sujetos siempre iban juntos hasta su casucha a cumplir con sus deberes. Mientras uno lo inyectaba, le dejaba la bandeja de comida y retiraba sus heces; el otro vigilaba desde la entrada con el revólver en la mano. Pero, en los últimos días, dado el mal estado en que Max estaba, o pretendía estar o exagerar estarlo, no siempre iban los dos individuos, y este día era uno de ellos, este día estaba solo. Este día era el que todo aquello tendría su fin.

Aprovechando un momento de descuido, Max se hizo a la jeringa antes de que el hombre lo inyectara y se la clavó en el ojo hasta el fondo, hasta la cuenca, hasta el hueso. Le rompió la retina, le atravesó el cristalino y siguió todo el camino por el humor vítreo hasta llegar a la mácula y, una vez ahí, perfectamente enterrada, empujó con toda la fuerza del pulgar el émbolo de la jeringuilla descargando la droga en la cavidad. En ese momento, un líquido lechoso se escurrió por toda la mejilla del hombre. Una mezcla gelatinosa compuesta por el humor acuoso y vítreo del ojo, y la droga.

El hombre llevó sus manos a su rostro sin saber qué hacer. No se atrevía a quitarse la jeringa de su rostro. La jeringa se movía a un lado y al otro junto con el movimiento de los músculos del globo ocular. Max se incorporó lo más rápido que su estado se lo permitía, y en ese momento se dio cuenta de que subestimó su situación. Su cabeza la daba vueltas y sus ojos, acostumbrados a la penumbra de ese cuarto, le dolieron tan pronto se encontraron con la luz que llenaba el cuarto por la puerta abierta. Como pudo, tanteó en el suelo hasta agarrar la manilla del cubo, el cual lo había llenado con pedazos de barro de las paredes para darle un peso específico. Se paró, balanceó el balde y lo estrelló de lleno en el rostro del delincuente, clavando la jeringuilla por completo en el cráneo. El hombre cayó de bruces, desmadejado, tal vez muerto; pero Max no iba a correr ningún riesgo. Arrancó un trozo de esterilla que sobresalía de una de las paredes, se echó encima del hombre inmovilizándolo y se la enterró en varias ocasiones en el cuello hasta lograr perforar alguna de las venas o arterias. De inmediato, múltiples chorros hemáticos saltaron por los aires a más de un metro, hasta formar un charco alrededor del cuerpo inerte del sujeto.

—¡Diego! ¡Diego! ¿Qué putas está pasando allá?

La gritería del otro guardia alertó a Max e intuyó que ya debería estar atravesando el patio de tierra que separaba las tres construcciones. Registró al hombre que acababa de matar y sacó de entre la cintura la pistola. Una antigua M1911 calibre 45, famosa en la segunda guerra mundial por su difundido uso entre los oficiales y que aún en Vietnam continuaba siendo usada por la potente capacidad de parada de la munición. «¿Quién carajos aún utiliza estas *escuadras*?».Eyectó el proveedor y verificó cuánta munición tenía. «Cinco tiros. ¿Quién putas sigue usando la M1911 de calibre 45?». Introdujo de nuevo el cargador, ensombrecido por la pátina del tiempo al igual que la pistola, jaló el pasador, puso una bala en la recámara y quitó el seguro. Se arrojó al suelo asomándose por la puerta. El sol lo encegueció de nuevo dándole una terrible jaqueca. Apuntó a una sombra borrosa de colores que se movía por el patio y abrió fuego dos veces; ninguna bala dio en el blanco. En otras circunstancias, en otro estado, ningún tiro hubiera fallado a esa distancia, pero realmente se sentía enfermo. El otro hombre abrió fuego, mientras se ponía a cubierto detrás de la pared, al lado de la puerta. Max se arrastró por el suelo, hasta ponerse fuera del alcance visual del hombre, justo en la pared opuesta en el interior del cuarto, de donde el otro se escondía. El otro hombre asomó la pistola por la puerta y empezó a disparar a todos lados sin apuntar. Un tiro pegó en la pared de barro, a unos centímetros de la cabeza del mayor, desprendiendo un gran trozo de bareque. El sujeto disparó hasta quedarse sin munición y continuó jalando el gatillo produciendo varios inocuos clics en los casquillos usados. Se volvió a ocultar y Max oyó como el hombre abrió el tambor y vació los casquillos en el suelo.

«Novato. Principiante. Cadáver». El mayor Buenaventura se arrojó al piso y desde el interior del cuarto se alineó con la pared exterior donde estaba el último guardián. Lo primero que vio fueron sus piernas, apuntó y disparó. El tiro le dio en la rodilla izquierda destrozándole la rótula y clavándole pedazos del hueso en la pierna derecha. El hombre soltó el revólver, se tomó la pierna con ambas manos y cayó al suelo aullando de dolor. Se giró para ver con los ojos desorbitados a Max que ya alineaba su M1911 con su ojo derecho. El mayor apretó el gatillo y la cabeza del hombre hizo un arco antinatural con su nuca. Más de 90 grados hacia atrás, para catapultarla de nuevo hacia adelante. Max vio como la munición 45 le había abierto por completo la parte posterior del cráneo, y ya no quedaba mucho de los parietales. Un huevo vacío, un coco sin su contenido.

«¡Ah! Ahora entiendo por qué la gente aún usa este tipo de calibre». Max se tumbó en el piso, y por primera vez cerró los ojos. Dejó escapar una fuerte exhalación y después de todo este tiempo, después de esta agonía, se permitió descansar por unos momentos. Comenzó a reír, primero suave y luego a grandes carcajadas. Carcajeó y rio hasta que el acto se transformó en gritos de emoción, de excitación. Gritos eufóricos, hilarantes, desencajados que prontamente se convirtieron en sollozos y llanto.

JHON

El restaurante de la 130 tenía tres pisos y una azotea. En el primer piso era una zona solo de bar donde tradicionalmente era visitado por ejecutivos jóvenes y corredores de bolsa; miembros de la banca, mercado de capitales y bolsa de valores; que les gustaba regodearse y ser vistos en el lugar para celebrar el cierre del día, pues ser vistos en aquel sitio era señal del poder económico individual; era un centro de esnobismo y arribismo nacional. El segundo y tercer piso eran principalmente zonas de restaurante y, en el último, solamente de bar. La diferencia entre el tercer y segundo piso era que a la penúltima planta sólo tenían acceso un puñado de personas del círculo político, diplomático y económico más estrecho del país y sólo algunas celebridades. Los visitantes sólo tenían acceso a esta zona del restaurante desde el sótano, a través de elevadores privados diseñados a la antigua, emulando los elevadores de la década de los 30s; barrotes de hierro colado y puertas plegadizas. Cada ascensor era operado por modelos perfectamente ataviados con ropa y calzado de diseñadores, quienes, con tal de hacer presencia en el lugar con sus marcas, garantizaban rotar las prendas todas las semanas para que los «operadores» fungieran de vitrinas vivas en una pasarela vertical.

La camioneta Mercedes Benz G63 blindada descendió lentamente por la rampa de acceso. Su color negro y polarizado oscuro reflejaba nítidamente las luces del subsuelo. Avanzó lentamente hasta ubicarse al frente de la zona de acceso de los elevadores. Una de las anfitrionas junto con uno de los miembros de seguridad del restaurante se ubicaron al lado de la puerta de atrás para dar la bienvenida a Jhon. El hombre se acercó a la puerta, jaló la manilla, pero esta no abrió. Intentó de nuevo, y al ver que la puerta seguía bloqueada, dio unos pasos atrás y se quedó inmóvil hasta que le dieran la orden gesticulando en aceptación con su cabeza. Miró al conductor quien le levantó el dedo índice indicándole un momento de espera.

Benítez giró sobre su asiento y volteó a mirar a Jhon.

—¿Señor Terranova?

Jhon permanecía en silencio, con su mirada en blanco, perdida en el infinito. Estuvo impávido por unos segundos, un par de segundos de más como para evitar volverlo un momento incómodo. Finalmente levantó su mano y le indicó que retirara los seguros del vehículo. Un clic sonoro reverberó en el auto. Benítez volvió a dirigirse al hombre de seguridad mocionando con su mano para que se acercara de nuevo. Este se acercó al vehículo una vez más y abrió la puerta. Jhon bajó, abotonó el saco de su traje y se dirigió a la anfitriona, quien lo saludó de manera afectiva, pero asegurándose seguir todos los protocolos de buena conducta. Con una mano lo invitó a seguir por el pasillo hasta el elevador donde lo esperaba una operadora perfectamente arreglada y de curvas esculturales.

—Buena noche. Bienvenido de nuevo, señor Terranova.

Jhon solo saludó con una leve inclinación de su cabeza. El guarda de seguridad, quien le abrió la puerta, y venía escoltándolo desde su auto, cerró la persiana del elevador, se aseguró de que estuviera bien ajustada y le indicó a la modelo que podían irse. La operadora seleccionó el botón que los llevaría al tercer piso y este empezó a moverse. Apretó el intercomunicador ajustado en su blusa para avisar al personal de los pisos superiores la llegada de Jhon. La llegada de uno de los vips más prominentes del sitio.

—Subiendo con el señor Terranova.

Al llegar a su destinó, otro funcionario de seguridad desbloqueó la rejilla del ascensor y plegó la puerta.

—Bienvenido de nuevo, señor Terranova. El Señor Picketty está esperándolo en la mesa de siempre.

Jhon volvió a asentir con un leve cabeceo y caminó firmemente a la mesa donde estaba su socio. Al llegar, cambió de golpe su postura adusta para saludar al otro.

—Doctor Picketty, ¿cómo le va el día de hoy?

—Bienvenido, ingeniero. Bienvenido. Se me hizo extraña esta invitación, pero no iba a desaprovechar la oportunidad de que otro pagara una cuenta aquí.

—¿Invitarte? Lo entendiste mal.

Pablo Picketty se puso de pie y le dio un fuerte abrazo con un par de palmadas en la espalda.

—Pedí lo mismo de siempre. Coñac Remy Martin XO. ¿Está bien?

—Perfecto.

Los hombres hablaron animadamente durante las horas siguientes, intercambiando los tragos del licor con la comida molecular, famosa en aquel sitio. Cuando pasaba la media noche, Jhon bajó su copa, la puso en la mesa, cruzó sus piernas y miró fijamente a Picketty sin decir nada. Este, empezando a sentirse incómodo por la postura penetrante de su socio, sonrió nervioso.

—¿Qué pasa, compañero? ¿Todo bien?

—¿Por qué no fuiste aquel día al restaurante? A la junta con el ministro.

Pablo quedó en silencio, mudo, visiblemente afectado por la intempestiva pregunta. Forzó una risa sonora, puso su copa en la mesa y respondió:—¿De qué hablas, compañero? No entiendo.

Jhon sonrió inquisitivo, pero siguió en silencio, sin musitar palabra alguna, analizando todos y cada uno de los movimientos de Picketty, quien, con el paso de los segundos en silencio, más se impacientaba, más evidente era su nerviosismo. La administración del silencio para lograr extraer de su interlocutor información, sin siquiera solicitarla, era una estrategia que le había ayudado a Jhon durante sus procesos de negociación. Era un arte que había perfeccionado y realmente era bueno en ello. El ser humano, por su naturaleza, odia los espacios vacíos, odia los silencios y por ello trata de llenarlo de cualquier manera. Los llena con verborrea que, en otra circunstancia, no se hubiera molestado siquiera en musitarla.

—¿Por qué traes ese tema hasta ahora? Hemos estado en la oficina, en nuestras casas, con nuestras familias durante todos estos meses. ¿Por qué vienes con esto justo ahora? —Jhon sonrió, tomó su copa, sorbió un trago y la dejó de nuevo en la mesa.

—¿Y por qué no?

Jhon cambió su postura, se inclinó hacia Picketty, apoyó sus antebrazos en sus piernas y, bajando el tono de su voz, sólo para ser escuchado por su socio, continuó:—¿Crees que al no haberlo traído a colación anteriormente, no me pareció extraño que no fueras a esa reunión? Fuiste tú quien la concretaste. Fuiste tú el que buscaste esa reunión. Desde tu oficina, eligieron el restaurante. ¿Por qué no fuiste?

Picketty se echó hacia atrás en su silla, alejándose de Jhon. El cuero chilló al contacto con la ropa y respondió.

—No tengo ni idea de qué estás hablando. Creo que es hora de irme.

Hizo el ademán de querer llamar al mesero y Jhon lo interrumpió.

—Voy a ahorrarte la vergüenza, «compañero». Sé que estuviste implicado en mi secuestro, sé que te ordenaron no ir a la cita y sé que no fue idea tuya. No obstante, quiero que me digas, mirándome de frente, mirándome a los ojos, ¿hasta dónde estuviste implicado?

—¡Estás demente!

Jhon sacó su celular del saco, navegó por su pantalla hasta seleccionar una foto. Y la puso en la mesa. Picketty miró la pantalla led, miró a Jhon, volvió la pantalla, ahí fulminó con furia.

—¡Hijo de puta! No te atreverías.

—Depende de ti, «amigo». En este momento hay una persona, en el patio de tu casa, esperando mis instrucciones, las cuales dependerán de tus respuestas. De si estas me satisfacen o no.

Jhon cambió su rostro. Se oscureció completamente y preguntó de nuevo acentuando cada una de las palabras

—¿Por qué no te presentaste ese día? ¿Por qué no fuiste a ese almuerzo?

Pablo miró la pantalla del celular, miró de nuevo a Jhon y con ojos vidriosos interpeló.

—Somos amigos, Jhon. Me conoces desde que éramos unos muchachos y perseguíamos universitarias.

Nada, Jhon permaneció mudo sin inmutarse. Pablo prosiguió.

—No serías capaz. No te creo. —Pablo siguió hablando mientras miraba con incredulidad la pantalla del celular de Terranova.

Esperaba algún cambio en la actitud de Terranova. Trataba de conmoverlo, pero nada lo perturbaba, conocía muy bien a su socio, nada le haría cambiar de idea, sea lo que fuera que tuviera en la cabeza. Resopló pesadamente. Una lágrima se asomaba tímida por su ojo y empezaba a escurrir por la mejilla. Continuó.

—Iba de salida para el almuerzo, para el sitio donde tú estabas con el ministro, cuando recibí una llamada de un hombre. Dijo que no fuera a la cita y que abriera la gaveta de mi escritorio. Lo hice y encontré un sobre de manila. Lo abrí y tiré su contenido sobre el escritorio. Había fotos de mis hijos y mi esposa en el colegio, en el parque, en el supermercado y en todas partes. Insulté a la persona en el teléfono, lo amenacé, pero de nada sirvió. La orden era no ir a la cita y no denunciar esto a la policía.

Pablo se derrumbó y empezó a sollozar. Clavó su rostro en las manos y las lágrimas se escurrían por las palmas. Jhon se acercó a Pablo, le puso una de sus manos en la espalda y le habló al oído.

—Te creo. —Pablo se incorporó y miró a su amigo de toda la vida.

—¿De veras? Te juro, no sé nada más.

—Sí, te creo. —Jhon palmeó dos veces la espalda de Picketty y continuó.

—Es por eso por lo que te doy dos opciones. O te matas o te mato.

Pablo abrió sus ojos a punto de desorbitarse. Rojos por las lágrimas, trataba de entender lo que estaba sucediendo. No le daba credibilidad a lo que acababa de escuchar. No podía ser que aquella persona que había considerado su amigo durante tanto tiempo lo acababa de sentenciar a muerte. Jhon sonrió de manera retorcida y sentenció.

—O mato a tu familia. Tú decides. Por lo pronto… —Jhon se inclinó en la mesa, tomó el celular de Picketty y lo guardó en su saco—. Te quitaré esta tentación.

Pablo aún permanecía pasmado y solo atinó a preguntar.

—¿Por qué? No lo entiendo. Es una broma, ¿verdad? —Picketty sonrió, tratando de ser correspondido, pero no obtuvo el efecto esperado.

Terranova miró con condescendencia a su socio y le regaló la respuesta que creía no merecía recibir.

—Porque las personas que me secuestraron, y que realmente me quieren muerto, aún andan por ahí y claramente te necesitan dirigiendo la compañía cuando yo no esté. Entonces, voy a quitarles esa ventaja y comprarme un poco de tiempo mientras encuentro a esos malditos. Que, créeme «amigo», los encontraré.

Picketty quedó impávido al escuchar la respuesta de su socio, pues entendía de manera diáfana su lógica, pero aún sin creer la amenaza. Sin darle validez a aquella sentencia. Bufó con desdeño tratando de ignorar todo aquello y continuó.

—Sí, claro, por supuesto —respondió con tono sarcástico y burlón—. ¿Vas a matarme a mí y a toda mi familia? No seas idiota. Bastante trabajo te cuesta matar una cucaracha.

Jhon sonrió de nuevo. Esta vez de manera más oscura que la anterior y respondió.

—No le he contado esto a nadie. Bueno, sólo a un par de personas muy cercanas y ahora a ti.

Se inclinó hacía Pablo y prosiguió.

—¿Sabes cómo escapé? Claro que no, cómo podrías saberlo.

Se reclinó en la silla, dio un sorbo a su trago y volvió a reír mirando a su compañero. Picketty miró a su socio y continuó.

—¿Cómo? —Jhon se acercó a Pablo y con mirada perdida solo atinó a responder.

—Los maté a todos.

Pablo permaneció incrédulo, impávido, imperturbable por un par de segundos y finalmente explotó con una carcajada.

—Eres un idiota. Tú no eres capaz de matar a nadie.

Jhon sonrió de nuevo, se levantó de golpe y le dijo a Pablo que lo acompañara al baño. Su amigo dudó por unos segundos y lo siguió. Una vez dentro del cuarto, Jhon se dirigió a uno de los orinales mientras Picketty esperaba a la entrada.

—Pablo, préstame tu pluma, por favor.

Picketty, sin dudarlo, sacó su esfero del bolsillo y se lo entregó a su amigo. Le extrañó que se lo recibiera en un pañuelo, pero no le dio importancia. Una vez con la pluma, el ingeniero Terranova fue al lavamanos donde estaba uno de los modelos impecablemente trajeados y cuya función solo era la de ayudar con las toallas para secar las manos a los visitantes, y sin conmiseración le perforó el cuello. El joven, sin saber qué sucedía, sólo atinó en decir «¿por qué?» mientras se desvanecía en el suelo en medio de un charco de sangre y orinando y cubriendo de heces sus pantalones.

Picketty no daba crédito a lo que veía y vomitó en medio de violentas arcadas. Jhon se agachó frente a su amigo, con la pluma en su mano aún goteando sangre.

—Si a este imbécil, que no significa nada para mí, lo maté con tu pluma, imagínate lo que haré con tu familia. Ahora, Pablo. Eres un asesino. Mañana los medios dirán que mataste a tu amante, un muchacho que te machacaba por atrás. Y eso lo verá tu esposa y tus hijos. ¿Prefieres someter a eso a tu familia? ¿O me harás caso y te matarás?

—Tendrás que matarme. Haré un escándalo aquí y tendrán que llamar a la policía.

—Muy bien. Pero esa alternativa implica asesinar a toda tu familia y luego a ti. De todas formas, estás ebrio, ¿quién te creería? Todo terminaría en los tabloides como un robo que salió mal o como un lío de amantes celosos. Una vez más, depende de ti. ¿Quieres someter a tus hijos a eso?

Pablo se agachó de nuevo y empezó a sollozar.

—¿Quién eres? ¿Qué cosa eres?

Jhon se incorporó, abotonó su saco y se arregló frente al espejo. Pensó un momento en la pregunta de Pablo y, con un murmullo, con unas palabras inaudibles sentenció.

—Soy el Tramoyista —sonrió con satisfacción mientras ajustaba su corbata Satya Paul y terminó—. Soy el Guahaihoque.

Miró por última vez a su socio. Guardó la pluma de Pablo en su saco y continuó.

—Me retiro, Pablo. Necesito que te quedes aquí una hora más. Pide otra botella y bébetela completa. Por tu bien, limpia este desastre y esconde el cuerpo en uno de los cubículos. Uno de mis escoltas vendrá a recogerte más tarde y te conducirá hasta el sótano. Ahí fingirás una pelea y te irás solo en tu carro. Cuando llegues a la circunvalación, en las montañas de la ciudad, en alguna de las zonas más oscuras, te saldrás de la carretera y te arrojarás al precipicio. Todos dirán que fue por un momento de debilidad por haber asesinado a este pobre imbécil, pero, créeme, estarás ayudando a tu familia.

En medio de sollozos, babazas y lágrimas escurriendo por su rostro, Pablo preguntó.

—¿Cómo sabré que mi familia estará bien?

Jhon sonrió nuevamente de manera retorcida, y respondió.

—No lo sabrás. Pero entre tú y yo sólo hay uno que no traicionó a su mejor amigo. Sólo hay uno capaz de hacer lo que sea para lograr lo que quiera. Y sólo hay uno capaz de matar a quien sea.

Picketty asintió sin hablar. Una vez que Jhon supo que su «amigo» cumpliría su parte, salió del baño y fue hasta el elevador. Con un ademán llamó a uno de los guardas de seguridad y le dijo:

—Mi amigo no se encuentra bien. El asistente del baño lo está ayudando, pero es mejor que clausuren el servicio hasta que salga. Cuando vuelva a la mesa, llévenle lo que pida, lo cargan a mi cuenta. Voy a enviar a uno de mis escoltas a recogerlo.

—Entendido, señor Terranova. Atenderemos bien a su amigo.

—Cuento con ello. Definitivamente cuento con ello.

LAGOS

Las suelas de sus zapatos deportivos para correr chillaban con cada paso impaciente en el piso de linóleo blanco perfectamente encerado. Orduz revisaba cada minuto una o dos veces la pantalla de su celular. Navegaba de arriba abajo en todas las aplicaciones y repasaba las notificaciones de sus redes sociales; era claro que la ansiedad le machacaba la cabeza. Mordía su labio inferior de un lado y del otro, arrancando pequeños pedazos de piel reseca que se le desprendía. De cuando en vez escupía pequeños pedazos de labio y chequeaba con sus dedos y su lengua que no se hubiera hecho un corte. Que no hubiera sangre.

—Deberías estar con tu mamá, Vivian. Yo me puedo quedar aquí. —Lagos se acomodó en su silla para enderezar su espalda, haciendo una mueca clara de dolor por su lesión en la zona lumbar—. Quién sabe cuánto irá a tardar Castillo y su equipo forense en analizar el cuerpo.

La sargento se detuvo. Bufó de manera sonora, apretó los ojos para bloquear un dolor de cabeza que empezaba a escalar, masajeó su cuello y meditó por unos segundos sus opciones.

—No te preocupes, jefe. Mi mamá está acompañada por la enfermera que le asignó la empresa de salud. Además, a esta hora debe estar dormida y poco haría yo estando allá.

Lagos se agachó, cruzó los dedos de sus manos y apoyó los codos en sus rodillas.

—Como quieras, Orduz. Pero lo digo en serio, si debes irte, yo puedo quedarme y esperar. Cuando tenga noticias, serás la primera en enterarte.

Vivian miró a Lagos y meneó la cabeza, guiñó su ojo y le respondió de manera tal, para dar por cerrado el tema.

—Voy por café, Lagos. ¿Quieres algo?

—Dos buñuelos, una mantecada con un café y crema.

Orduz sonrió, y le abrió los ojos al teniente.

—Puedo traerte un par de manzanas. Ni buñuelos, ni mantecadas. No voy a ser cómplice de esa barriga.

—Te he dicho que no tengo barriga —respondió Lagos enderezándose de nuevo en la silla y metiendo su abdomen con disimulo—. No me traigas nada, entonces. Sólo un café. ¡Pero con azúcar, eh!

Vivian saludó con efusividad al teniente pies juntillas y se fue caminando por el pasillo hasta perderse en la esquina del corredor. Lagos sonrió con un rezongo y se acomodó de nuevo en la silla. Su espalda lo estaba matando.

Empezaba a amanecer, el trino de los pájaros anunciaba el repunte del nuevo día. El frío era intenso y tanto Orduz como Lagos luchaban con sus sacos para lograr protegerse lo mejor que pudieran. Ni dormir bien, ni un descanso reparador, era lo que habían logrado los detectives. Mejor; habían logrado ganar tortícolis en el cuello y espasmos musculares. La puerta del laboratorio forense se abrió con un golpe fuerte, dejando ver a la blanca figura de pies a cabeza; sólo unas salpicaduras a la altura del abdomen y el pecho de líquido hemático y otras sustancias corporales cortaban el mono prístino. Castillo retiró su tapabocas y resopló pesadamente.

—¡Detectives! Buenos días.

Castillo rezongó de nuevo y se dejó caer en una silla al lado de Lagos y Orduz. Los policías se incorporaron sacudiendo el sueño y fijaron sus miradas en el técnico forense aguantando la respiración esperando el reporte final.

—Efectivamente la víctima tenía las falanges perdidas en su tracto alimenticio. Una vez las retiramos, corrimos pruebas de ADN para asegurar que pertenecieran al difunto y efectivamente así era.

Castillo se detuvo un momento, miró sus manos y se percató de que no se había retirado los guantes quirúrgicos de látex azul. Inmediatamente se los removió de golpe jalando con fuerza el borde de sus muñecas, una nube de polvo blanco saltó por el ambiente. Se los guardó en uno de los bolsillos del overol y continuó.

—Hicimos un lavado con una solución básica para detener el efecto corrosivo de los jugos gástricos…

Orduz estalló impaciente increpando al galeno.

—¡Al grano, Castillo!

El médico aclaró la garganta, sintiendo la presión del momento.

—Disculpen. Es que rara vez logra uno encontrar una huella clara en una piel tan deteriorada, pero lo conseguimos.

Orduz y Lagos se miraron con sorpresa y ansiedad. Al tiempo se inclinaron en expectativa hacia Castillo, quien sentenció:

—Héctor Rugeles, alias «el Comandante».

Ambos detectives dejaron escapar la respiración liberando le tensión del momento. Lagos se sentó de nuevo y se reclinó en la silla, cruzó las manos detrás de su cuello y continuó.

—¿Comandante de qué?

—Fue un antiguo comandante de la Armada Popular Revolucionaria. Fue uno de los firmantes de los acuerdos de paz de hace varios años. Revisando su expediente, en los últimos meses un fiscal había autorizado interceptar sus teléfonos y hacerle seguimiento pues había indicios de que andaba de nuevo haciendo «travesuras».

Castillo balanceó su cuerpo hacia un lado, sacó un papel impreso del bolsillo y se lo entregó a Lagos.

—Ahí están los datos del occiso. Puedes validar el resto en el sistema. Todo está digitalizado.

Orduz sonrió con burla, le quitó el papel al teniente y respondió.

—¿«Digitalizado»? ¿Oíste, Lagos? Vas a tener que encender tu computador finalmente. ¿Recuerdas dónde queda el botón de encendido?

El forense detonó una solitaria carcajada, pero de inmediato se calló cuando Lagos lo fulminó con una mirada.

—Gracias, Castillo. Buen trabajo. —Se incorporó, miró a la sargento y con un ademán de la cabeza la invitó a seguirle.

—Vamos, compañera, a mi oficina. Tengo que poner a calentar los tubos de mi computador.

Castillo agachó su cabeza y empezó a sonreír. Se divirtió aún más cuando detectó que Orduz no había entendido la sarcástica referencia.

—¿«Tubos»? —Miró a Lagos y luego a Castillo—. ¿De qué habla?

Lagos y Castillo sonrieron de nuevo y el teniente terminó.

—Vamos, niña.

En la oficina del teniente, los policías analizaban absortos, ensimismados, abstraídos sus dispositivos. Lagos, en su computador y Orduz, en su *smartphone*. Páginas y páginas de conversaciones telefónicas, facturas de diferentes empresas, cientos de fotografías en su residencia, en restaurantes, en cafeterías. Hacía un par de horas, con una orden judicial, le habían pedido a los patrulleros de policía que fueran hasta la residencia del Comandante. No se había encontrado mayor cosa, salvo que no había ningún dispositivo electrónico. Ni computadores, ni tabletas, ni celulares. Los vecinos no sabían de él desde hace unos días, lo cual no les resultaba extraño, dado que el «exguerrillero» solía ausentarse con frecuencia. Hablaron con los oficiales fiscales a cargo del seguimiento, pero les informaron de que hacía un par de semanas no estaban ejecutando el plan de seguimiento permanente pues no veían la necesidad; y lo mismo sucedía con las interceptaciones. En suma, una muy frustrante sin salida. Una muy odiosa sin salida. Cerca del mediodía, cuando las tripas del almuerzo alertaban su llegada, Orduz vio como Lagos estaba absolutamente inmóvil, abstraído en una foto. Movió su silla hasta quedar al lado del teniente, miró la pantalla y sentenció.

—¡Upa, jefe! No le conocía esos gustos. ¿No le parece un poco joven para usted?

Lagos gruñó sin mirar a su compañera, cerró los ojos frunciendo el cejo y enterró su barbilla en el pecho tratando de alcanzar un recuerdo. Orduz continuó.

—Claro está que, con un poco de ejercicio para aplanar esa barriga, una dieta mejor balanceada y algo de ropa bien aplanchada, tal vez alguien de tu edad podría aspirar a una chica de ese tipo.

Dicho eso, la sargento se acercó a la pantalla del computador, miró con detenimiento a la mujer de la foto y sentenció.

—Aunque, pensándolo mejor, esa niña está *out of your league, partner*.

El teniente de despabiló por la interpelación de su compañera, un tanto irrespetuosa para su gusto, y la aniquiló con la mirada. Vivian, al darse cuenta de la reacción, frunció la boca tensando el cuello, levantó las manos en rendición y terminó.

—Yo sólo decía. Perdón.

Lagos continuó viendo la foto y finalmente habló.

—He visto a esta mujer antes. ¿Me ayudas con la metadata de esta foto, por favor?

—Por supuesto, jefe. —Orduz respondió al instante tratando de aliviar la tensión—. ¿Cuál es el código de la foto?

—BOG–LT147–231123 —respondió Lagos retirándose las gafas.

Con velocidad los dedos de Vivian volaron sobre la pantalla de su celular. Al terminar su búsqueda leyó el resultado que arrojaba el sistema de la policía.

—Esa foto fue tomada el año pasado, a finales de noviembre, aquí, en la capital. Dice el nombre del restaurante, en el centro. No dice nada más.

Lagos meditó un momento la respuesta de Orduz y continuó.

—Busca todas las noticias judiciales a partir de ese día.

Nuevamente la sargento se clavó en su dispositivo corriendo la solicitud de su compañero. Sólo bastaron un par de minutos para inundar la pantalla led con un listado que parecía interminable de noticias judiciales. Orduz simuló un silbido de exaltación.

—¡Vaya! Esa semana estuvo plagada por completo con una misma noticia. El escape del empresario Jhon Terranova.

Miró los encabezados y notas de prensa de los principales periódicos del país y ahí estaba, la chica de Lagos.

—Y aquí está tu *crush:* Carolina Rendón. Dice que intentó asesinarlo en la base militar de Cubará y que la mataron en el intento durante la rueda de prensa.

Lagos le arrebató el celular a Orduz, miró extasiado el expediente de Carolina Rendon y luego miró con emoción a su compañera para concluir.

—Quiero saber absolutamente todo lo que sucedió ese día.

Orduz recuperó de nuevo su celular. Revisó el área que estuvo al frente de la investigación y concluyó.

—Ya mismo subo al GAULA, jefe.

MAX

El trinar de los pájaros había empezado a desvanecerse en el día y rápidamente era reemplazado por el croar de las ranas y el estridente estridular de los grillos; pero nada de ello lo había logrado sacar de su estupor, de la somnolencia posterior a su encuentro con sus captores. Lo que logró despertarlo fue el repicar de un teléfono celular que se oía a unas decenas de metros, tal vez en la casucha que servía de dormitorio a los difuntos. Tal vez alguien los lloraría, pero nadie los extrañaría. «¡No a ese par de imbéciles!».

Las drogas que le habían estado inyectando, lo que fuera que hubiera sido, era muy fuerte; pues si bien la última dosis, la de la tarde, no se la inyectaron, aún no sentía que se le pasaran los efectos. Se sentía adormecido y no era solamente la adrenalina que se drenaba de su sistema. «¿Qué carajos me estaban metiendo?».

Nuevamente el eco del timbre del celular le sonaba lejano en su cabeza. Sabía que, si no contestaba prontamente, quien fuera que estuviera llamando iba a sospechar y posiblemente enviaría a alguien más a chequear la situación en la destartalada finca. No podía permitirse eso, no estaba en forma para otro encuentro. Por más que su entrenamiento lo hubiera ayudado a quitarse de encima a los dos hombres que lo cuidaban, su lamentable estado físico no le permitiría otra pelea. Otro combate más no estaba en discusión.

Forzó su cuerpo a levantarse. Giró su torso y se puso pecho en tierra. Clavó las manos en el piso arenoso de la habitación y tomó un respiro fuerte para tomar impulso. Apoyó la frente en la tierra. «Vamos, Max. Un paso a la vez».

Dejó escapar una fuerte exhalación que levantó tierra por todo su rostro y empujó con fuerza sus brazos para incorporarse. Quedó de rodillas y continuó respirando con peso en el pecho. Notó que el celular había dejado de sonar. Tomó aire de nuevo y se levantó. Caminó arrastrando los pies a través del patio de la casa y se dejó caer en el marco de la puerta. Las luces estaban apagadas y no le dejaban ver nada, tanteó por la pared hasta encontrar un interruptor. Encendió la luz y un pequeño bombillo que colgaba del techo iluminó tenuemente el cuarto con un haz de luz anaranjada. Entró al cuarto y empezó a buscar el aparato. Lo encontró finalmente en una mesita al lado de un butacón destartalado. Lo tomó y por suerte no estaba bloqueado. Revisó en la pantalla la aplicación de mensajería y leyó los mensajes. En estos, la persona llevaba poco más de quince minutos preguntando dónde estaban. Max leyó cadenas de mensajes anteriores para ver la forma en que escribía el dueño del celular; errores de ortografía, modismos, groserías y demás, lo cual le permitiera hacerse pasar lo mejor que pudiera por cualquiera de los muertos. El dolor de cabeza lo estaba matando, y el hambre le torturaba una gastritis que se había vuelto crónica. Se sacudió de la cabeza esas sensaciones, apretó lo ojos para enfocar bien la pantalla, se sentó y comenzó a teclear en el cuadro de texto.

—¡Puta, *hueon*! ¿Ya no puedo cagar tranquilo?

Esperó unos largos segundos temiendo que no hubiera logrado hacerse pasar por cualquiera de los sujetos. Finalmente, en la pantalla, la aplicación le notificó que su interlocutor estaba escribiendo.

—¿Y dónde carajos está Alonso? Ustedes no pueden dejar esta mierda sin atender.

Nuevamente el mayor miró mensajería anterior para ver cómo responder y tecleó de nuevo.

—*Okey*. El vip está 5x5, ya comió y está echándose *un foco*. Ya hasta mañana.

—Bien. Mañana temprano estamos por allá con el mercado.

«Mañana temprano. Mierda».

—Entendido.

Miró la pantalla por unos minutos para cerciorarse de que no hubiera otro mensaje y luego lo puso en la mesa. Levantó la cabeza forzando los ojos y empezó a buscar comida. Una pequeña olla estaba en el fogón de barro y la abrió. Tomó un plato de frijoles empezado que estaba en la mesa, probablemente abandonado por el segundo sujeto que mató, y vació el contenido de la cazuela en la bandeja. Cogió la cuchara y empezó a comer. Le supo a manjar de reyes aquella comida sencilla. Mientras comía, un torrente de pensamientos y emociones le inundaban la cabeza y sintió como se le revolvía el estómago; la culpa lo invadió. Todos estos meses sólo había estado pensando cómo sería el cobro de cuentas que le haría a Jhonatan Terranova, pero había dejado de lado a sus padres, a su familia y a sus amigos y compañeros del ejército que estarían sufriendo su desaparición, su secuestro. «Mamá. Papá».

Tomó de nuevo el teléfono y empezó a marcar el número celular de su mamá. Mientras lo hacía, se empezaba a arrepentir, pues entendía que nada de lo que su progenitora le dijera le iba a hacer cambiar de opinión de lo que iba a hacer. Por el contrario, lo que iba a lograr era poner una carga adicional a su familia. Un dolor más. Un clic al otro lado de la línea se escuchó. Max sólo oyó con atención.

—¿Aló?

Silencio absoluto. Sin ninguna respuesta. Max apretaba el aparato en su oreja enrojeciéndola con los nudillos de su mano en blanco cortando la circulación. Lágrimas empezaron a correr profusamente por sus mejillas y un sollozo ahogado se le escapó.

—¡¿Max?! Maximiliano, hijo, ¿Eres tú?

La voz de su madre lo rompió, lo resquebrajó, lo hizo pedazos. Estaba a punto de responder, pero de nuevo los recuerdos de su secuestro y de sus hermanos caídos lo hicieron callar. Su mamá empezaba a llorar y a vociferar con desespero y con angustia una y otra vez el nombre de su hijo.

—Max, Maximiliano, hijito; por favor háblame. Sé que eres tú. ¿Dónde estás? ¿Cómo estás? Te escucho respirar, hijo. ¡Háblame!

Max respiró y colgó la llamada con apuro y se permitió descargar su dolor con amargura sin freno. Lloró para quitarse ese peso de encima. Lloró por dolor. Lloró por ira.

Max se apresuró en partir antes de la mañana. Se aseó lo mejor que pudo y cambió su ropa con lo que encontró. Tomó todo el dinero en efectivo que llevaban encima sus captores y ocultó en la cintura la escuadra M1911. Tomó una linterna y empezó a caminar por la trocha de ingreso a la finca. El teléfono celular no dejaba de timbrar con el número de su mamá, pero continuaba sin responder. «La cagué llamando. La cagué hasta el fondo», se reprendía mentalmente, el mayor. Mirando el GPS del celular supo a donde debía dirigirse. Había varios pueblos cercanos y tenía que escoger alguno esperando que compañeros de sus captores no estuvieran allí; era un riesgo que debía correr. Lo que sí tenía claro era que debía mantenerse lejos de las vías principales.

Cuando llegó al pueblo que escogió, compró un pasaje, obviamente en efectivo, para una ruta intermunicipal que lo llevara a su destino. Se deshizo del celular. Lo rompió y lo tiró en un basurero. De igual manera tiró la pistola, pues sería una estupidez ser detenido por porte ilegal de armas. Se sentó en el bus y empezó a repasar uno a uno los pasos que debía seguir. Lo primero era aprovisionarse y el mejor sitio para hacerlo era en la casa de descanso de su familia, que estaba a unas seis horas de viaje. Encaletados en ella había pertrechos, armas y municiones que había ocultado hacía unos años atrás, debido a la pandemia. Ahí lo estarían esperando sus amigos de confianza, los últimos que le quedaban. El buen M4A1 y la confiable Glock. Luego, de camino a la capital, de camino a Jhonatan Terranova.

LINA

El sabor agrio y amargo en su boca, junto con una lengua reseca y agrietada, eran señal del inicio de un mal día, de un muy mal día empeorado por la resaca. La noche anterior, después de la discusión con Jhon, había dejado vacías un par de buenas botellas de syrah. El dolor de cabeza era insoportable. Un haz de luz, que lograba evadir los gruesos *black-outs*, se posaba inclemente en su rostro. Vívidos colores naranjas atravesaban sus párpados cerrados con dolorosos destellos. En conclusión, una amalgama de sensaciones que se burlaban de su estado. «Maldito vino tinto. Maldito sol. Malditas persianas inútiles. Malditos pájaros». Tomó la almohada y giró su torso sobre la cama. Posó su brazo sobre el otro lado y lo sintió solo, vacío, frío. Suspiró pesadamente y sintió cómo la ira y los sentimientos de resentimiento hacia su esposo recobraban fuerza. Ganaban calado en su pecho, que de pronto se sentía nuevamente pesado. No tenía caso tratar de seguir acostada, ni tratar de forzar el sueño. No tenía sentido retozar sola. Sola, la única cosa que odiaba era sentirse de esa manera aun con Jhon a su lado. Bufó con rabia, se quitó las cobijas y la colcha que la cubrían y sintió como el frío le calaba los huesos de inmediato. Se sentó en el borde del mueble matrimonial y se levantó lo más rápido y agraciadamente posible que la resaca le permitiera. Caminó hasta el baño tratando de mantenerse erguida y digna, pero no conseguía dejar de arrastrar los pies. Entró en el blanco habitáculo. Encendió la luz. «Maldita sea, ¿por qué tanta luz?». Se echó un par de manotazos de agua fría en el rostro, lo cual sintió total y absolutamente refrescante. Tomó un par de sorbos de agua y la escupió. El agua, mezclada con saliva tinturada de morada por los taninos del vino tinto de la noche anterior, se escapada por el lavabo. Lavó su boca las veces necesarias para lograr que el agua saliera lo más clara posible.

Abrió los gabinetes, sacó un par de aspirinas y se las tomó con un sorbo de agua. «El dinero no puede comprar la inmunidad a la resaca».

Regresó a la cama y chequeó su celular. Lo intentó encender y se dio cuenta de que olvidó dejarlo cargando la noche anterior. Otra maldición, otro improperio más. Sacó el cargador de la mesa de noche y lo conectó. Esperó unos momentos hasta que finalmente la pantalla del dispositivo parpadeó volviendo a la vida con el tradicional sonido de la marca del aparato. Tan pronto terminó de reiniciarse, empezaron a sonar timbres, campanillas y notificaciones. Miró la pantalla con extrañeza y vio cómo aparecía uno, dos, diez, veinte, cincuenta y más llamadas perdidas y mensajes de la esposa de Picketty. Las notificaciones sonaban sin parar y le atormentaba aún más la jaqueca. Optó por escuchar el primer mensaje de voz. «Hijo de puta». Mientras más escuchaba, mientras más avanzaba la grabación, más apretaba el dispositivo contra su oreja, a punto de lastimarla, a punto de romper el aparato entre sus dedos. Se lanzó por encima del enredijo de cobijas de la cama y se abalanzó sobre la mesa de noche de su esposo. Abrió el cajón superior, luego el de abajo y sacó el control remoto del televisor de la sala auxiliar que estaba en un ambiente diferenciado del resto de la alcoba principal por un par de escalones. Lo encendió y rápidamente navegó por la lista de canales hasta ubicar los nacionales. Seleccionó su canal de preferencia y vio como la emisión del noticiero era encabezado por un *banner* rojo con el titular:

«NOTICIA DE ÚLTIMA HORA: FALLECE EL RECONOCIDO EMPRESARIO PABLO PICKETTY EN EXTRAÑAS CIRCUNSTANCIAS».

Lina se llevó las manos a la boca y sintió de nuevo cómo el dolor de cabeza, mezclado con la resaca, le entumía los músculos del cuello. Sintió cómo el syrah regurgitaba por su esófago buscando salir. Odiaba los medios. Odiaba su manera desenfrenada de transmitir noticias amarillistas, sensacionalistas, baratas, sin ningún pudor, ni validación. Sin embargo, esta noticia, ella sí sabía que era cierta.

No era coincidencia que sucediera sólo un par de horas después de su conversación, de su reclamo, con Jhon; y hablar con él, alinearse con él era de suma importancia antes de conversar con alguien sobre lo sucedido. Una de las razones por las cuales habían funcionado tan bien sus actividades de desfogue como tramoyistas era que siempre estaban articulados, siempre coordinados. Pero esto, esto no tenía sentido. Actuar así sólo era agregar un estrés innecesario a su método muy calculado, perfectamente afinado. Método, precisión y cálculo; todo soslayado por este impulso. «Impulso. Jhon no actúa así. ¿Lo habrá planeado con antelación? ¿Sin mí?».

Sus pensamientos volaban por su mente. Lo único más rápido que la velocidad de la luz es la velocidad del pensamiento. Todo llevaba a uno única conclusión.

«No, Jhon no evadió el método. Jhon decidió evadirme, excluirme, evitarme. Maldito».Entró de nuevo al baño, se puso rápidamente una bata de seda y salió corriendo de la habitación. Corrió escaleras abajo y miró de un lado al otro buscando a Jhon en la sala y el comedor. Luego entró a la cocina, pero tampoco estaba allí. Solo halló a la niñera de sus hijos en medio de un mar de lágrimas.

—¡Ay, señora Lina! Es una tragedia. No quise despertarla porque sé que se acostó tarde anoche; pero llevan llamando toda la mañana de noticieros y la señora Picketty.

Lina abrazó a la robusta señora Débora y le preguntó:

—¿Sabe dónde está Jhon? ¿Vino anoche? —La mofletuda señora limpió sus ojos con un pañito húmedo, que ya se deshacía por entre sus regordetes dedos, y vacilando un poco, respondió:

—No sé, señora. No lo sé. Estuve despierta esperándolo a ver si el señor Jhon quería algo de comer, pero me venció el sueño.

Lina resopló con impaciencia, tomó el celular del bolsillo de su bata y marcó a su esposo. No le contestó. «¡Carajo! ¡Maldito seas, Jhon!».

—¿Sabe de Álvaro?

—No, no, señora, lo siento. Le he puesto mensajes y lo he llamado, pero no contesta. Él estaba con su esposo anoche como líder del piquete de escoltas.

—Siga buscándolo y me avisa. Prepáreme cualquier cosa de comer. Voy a ducharme mientras tanto. Dígale a alguno de los choferes que salgo en treinta minutos, o menos.

—Sí, señora. Inmediatamente, señora.

Subiendo las escaleras, sonó una nueva notificación de mensaje «Jhon». Rápidamente Lina comenzó a teclear un mensaje en respuesta.

—¿Dónde estás?

—En la Casa de Picketty. Cuando medicina legal autorice la identificación del cuerpo, voy a acompañar a Susana a la morgue.

—Susana me ha llamado toda la noche y la madrugada. Tenía el celular apagado. ¿Qué debo decirle?

—¿A qué te refieres? «¿A qué te refieres? ¿De verdad su esposo era así de cínico? ¿Debía ser así de retórico? Bastardo».

Lina observó el mensaje de Jhon y se imaginó la cara condescendiente con que su esposo debió escribir ese mensaje. Era obvio que él sabía qué había pasado con Picketty. Era obvio que él había tenido que ver con esa muerte. Pero no era ni el momento, ni la forma, ni el medio para hablar de ello. No era el momento de reclamos. Lina inspiró largamente y exhaló para liberar la tensión de su cuerpo. Para liberar su ira. Y volvió a escribir.

—Excúsame con ella, dile que en un momento salgo para su casa.

—*Ok*.

—Cuando llegue allá, tú y yo vamos a hablar. Definitivamente vamos a hablar.

ORDUZ

A Vivian no la emocionaba particularmente el caso del Tramoyista, para ella era un caso más. No obstante, entendía lo que significaba para su compañero haber encontrado esta pista en el caso después de tantos años. Este avance era enorme, y este nuevo indicio sí que emocionaba a Lagos. Su jefe estaba obsesionado con el caso, no solo por resolver finalmente el acertijo, sino también por la satisfacción de poder irse de la fuerza con tranquilidad. Jubilarse con la satisfacción de no dejar nada pendiente.

La sargento había llegado a apreciar a Lagos. Le dolía ver su soledad y había aprendido a entender y valorar su estado de ánimo plomizo, acre, bucólico. Estos sentimientos de profunda amistad y admiración, si bien no los demostraba ni exteriorizaba, estaba segura de que Lagos los sentía y los compartía. Era una relación de mutua amistad desinteresada e íntegra; y era esa amistad la que la obligaría a hacer lo que fuera para ayudar a su compañero a solucionar el caso.

El viejo edificio del centro de la ciudad, una reliquia de la arquitectura contemporánea, constaba de doce pisos; todo un rascacielos para su época. Una mejor época. Una época de inocencia.

Las escaleras interiores perfectamente barnizadas estaban marcadas por la suciedad encostrada de otrora, encerada, brillada y pulida una y otra y otra vez. Orduz subió saltando de a dos y tres escalones los cuatro pisos que separaban los departamentos de la policía del distrito capital y el Grupo de Acción Unificada por la Libertad adscrito a la policía.

Al llegar a la entrada, Orduz estiró su carnet magnético del yoyo que sujetaba de su pantalón. Lo pasó dos y tres veces por el dispositivo de apertura y cierre electrónico de la puerta, y en todos y cada uno de los intentos, el dispositivo emitía un pitico estridente, negándole el acceso, mientras se iluminaba el testigo rojo. Bufó con ansiedad, perdiendo la paciencia. Intentó mirar dentro, a través del cristal polarizado. Pegó su rostro en la puerta cubriendo sus ojos con las palmas de las manos, pero no lograba observar ningún movimiento. Miró la hora en su reloj. «¿No habrá nadie en servicio a la hora del almuerzo?». Determinada a no rendirse, empezó a tocar la puerta, al principio con restricción y luego con fuerza. Al final, escuchó unos pasos acercándose. Dio unos pasos atrás, alejándose de la puerta. Oyó como el dispositivo timbró de manera positiva, alumbrando el testigo de color verde. La puerta se abrió pesadamente de manera perezosa y una mujer sobre sus cincuenta se dejó ver. Sin saludar levantó las cejas en interrogación mirando de arriba abajo a Orduz, lo cual la sargento no recibió de buena manera.

—Disculpe, ¿le interrumpo el café del almuerzo? —La señora entreabrió la boca para protestar, frunció sus labios y respondió con ironía.

—Grupo de Acción Unificada por la Libertad adscrito a la policía. ¿En qué puedo ayudarla?

Vivian abrió su boca en sorpresa y sonrió sorprendida. Tomó su placa, que colgaba del cuello de una cadena de metal, y respondió:

—Soy la sargento Vivian Orduz de la Policía de la capital. Necesito información sobre un caso del año pasado.

La señora bajó las gafas que tenía en su frente, se las puso en la punta de la nariz y miró con detenimiento la identificación de Orduz, miró la foto de la placa y la comparó varias veces con la sargento. Vivian giró y banqueó sus ojos con impaciencia; luego miró a la mujer sonriendo de manera mordaz, simulando la foto del carnet.

—Un poco más de arrugas, pero la misma que suena y truena.

La mujer retiró las gafas y habló.

—¿Tiene el folio del caso?

Vivian exhaló aliviada y asintió. La señora meneó la cabeza en ademán para seguirla. Orduz caminó detrás de la oficial y le sorprendió saber que era ella la responsable de llevar los registros de los casos. Una vez en su escritorio, le dictó el número del archivo. La señora, que seguía sin presentarse, resopló con impaciencia y fulminó a la sargento.

—Ese código de folio no es del GAULA de la policía, es del GAULA del ejército.

Vivian leyó en el escritorio el nombre de la señora. «Mary Saenz».

—Señora Saenz...

—No me llamo así. —Vivian abrió la boca para decir algo en defensa de su error, pero no pudo—.

Este no es mi escritorio. Desde la pandemia, con el trabajo híbrido, compartimos puestos de trabajo. Me llamo Martha; Martha Díaz.

Un poco más relajada por el repentino cambio de actitud de la oficial de registro, continuó.

—Señora Díaz...

—Martha está bien.

—¿Ehm? Martha. ¿Puede decirme algo del caso? ¿Quién era el responsable de la operación? ¿Algo? Lo que sea.

La señora miró con cansancio a Orduz, quien le sonrió forzadamente a manera de súplica. Se acomodó las gafas y empezó a navegar por la pantalla del computador. Arrancó un pósit y escribió en ese unos datos.

—Este es el número celular del oficial a cargo. Capitán Víctor Morales. Él puede darle la información del caso.

Orduz tomó el papelito de la mano de la oficinista, asintió casi reverencial en agradecimiento y salió rápidamente. Tomó su celular y marcó de inmediato.

—GAULA del Ejército, habla el capitán Morales.

—¿Capitán Víctor Morales?

—Sí, él habla. ¿Con quién hablo?

La sargento resopló con alivio.

—Habla la sargento Vivian Orduz de la Policía capital.

—Sí, ¿en qué puedo ayudarla?

—Soy la encargada de la investigación de múltiples homicidios y un indicio nos ha llevado a relacionarlo con una sospechosa en uno de los casos que usted dirigió el año pasado. El secuestro de Jhonatan Terranova.

Un silencio incómodo que se prolongó un par de segundo más de lo debido hizo dudar a Orduz de que su interlocutor siguiera en la línea, miró la pantalla de su celular para verificar que la llamada siguiera en curso.

—Capitán, ¿está ahí?

Una exhalación pesada le respondió a Vivian.

—¿Qué necesita saber, sargento?

—¿Qué puede decirme de Carolina Rendón y de Héctor Rugeles alias «el Comandante»?

—Sobre el tal comandante; Héctor...

—«Rugeles». Alias «el Comandante» —completó la sargento.

—Sobre esa persona, no tengo nada que decirle. Sobre la señorita Rendón, sólo puedo decirle que fue algo bastante desafortunado.

—¿Más desafortunado que el hecho de que esté muerta?

—Mire, sargento, no tengo autoridad para divulgar información sobre ningún caso, especialmente sobre este caso.

De nuevo una pausa, con un silencio prolongado incómodo. Vivian pensó en forzar al capitán amenazándolo con intervenir en una investigación en curso, pero decidió guardar silencio. El capitán continuó.

—En lo que respecta al alcance de mi unidad, este caso se cerró con la liberación del señor Terranova. No obstante, los hechos que giraron en torno a la muerte de Carolina Rendón, su hermana y la posterior desaparición del mayor Maximiliano Buenaventura, para mí nunca quedarán cerrados. ¿Tiene un correo encriptado de la policía?

—Sí, se lo envío por mensaje a su celular.

—En un momento le envío información del caso. Sólo para usted.

—Un momento, no he terminado. Tengo más preguntas por hacerle. ¿Quién es Maximiliano Buenaventura? ¿Qué tiene que ver la hermana de Carolina Rendón?

—Buen día, sargento. Que tenga buena suerte. —Se oyó un clic y se cortó la llamada.

Vivian se quedó de pie en el pasillo, al frente de la entrada de las oficinas del GAULA. Su estómago empezó a llamarle la atención sobre la ausencia del almuerzo. El vértigo del día le había hecho olvidar comer. Se había olvidado de llamar a su madre. Se sintió mal. Empezó a marcar a su casa cuando en ese momento entraron varios correos del mismo usuario. Militar. Morales. Dudó si continuar con la llamada, pero la curiosidad que le había dejado la conversación con el capitán era mayúscula. No habían conversado ni dos minutos, pero fue tiempo suficiente para entender que algo no iba bien. Decidió no hacer la llamada y entró al buzón de su correspondencia. Tenía varios mensajes no leídos del mismo usuario. Deslizó la pantalla hasta que se ubicó en uno que le llamó la atención. Decía «Margarita Rendón» y era una carpeta con fotos. Lo abrió y esperó varios segundos. Al final, abrió, la primera foto. El cuerpo de una mujer colgada en el aire trepanada, con sus vísceras extendidas en torno a la roca sobre la cual estaba suspendida. Un frío sudor recorrió la espalda de Vivian.

LINA

Tan pronto Lina bajó las escaleras de la casa victoriana, la señora Débora, aún con los ojos rojos por el llanto, la esperaba en la entrada con la puerta abierta y una bolsa de comida para el almuerzo. Lina hizo un ademán compasivo y le advirtió de manera enérgica.

—Señora Débora, no es bueno que se ponga así. Por favor, tómese una valeriana y trate de calmarse. Tan pronto tenga noticias le haré saber. Cuando lleguen los chicos del colegio, nada de noticias. ¿Entendido?

—Sí, señora. Como ordene, señora Lina. —La palmeó en el hombro y salió con afán.

En la rotonda del antejardín se encontraban encendidas tres camionetas. En la del medio, parado junto a la parte trasera, estaba Benítez sosteniendo la puerta abierta. El escolta había presenciado lo ocurrido hacía varios años en el consultorio del doctor Cillian Atwood, lo que lo convertía, junto con Álvaro, en sus escoltas de mayor confianza. «El dinero puede comprarlo todo, incluso la confianza».

El escolta saludó con temor a la señora Russo, quien tan sólo atinó a asentir con una mirada fulminante. Tan pronto Lina estuvo dentro de la camioneta, Benítez subió presuroso en el puesto del conductor, oprimió el intercomunicador del radio y vociferó.

—En movimiento. Rápido a la casa del ingeniero Picketty.

Lina respiraba pesadamente, el silencio era trémulo y el estar solos en la camioneta, facilitaría cualquier conversación. Abrió la tapa de una botella de agua con gas. La resaca era terrible, destapó un tarro de aspirinas, tomó dos comprimidos y se los bebió de golpe. Apretó los ojos para liberar algo de dolor y tratar de relajarse. Benítez no paraba de mirarla de reojo por el retrovisor. La conocía hacía varios años y sabía de lo que era capaz. El estar así con ella, en ese estado, podría no traer un resultado saludable. Para nada saludable. De un tiempo para acá, lo que antes parecía ser unas maravillosas puestas en escena, a través de obras de arte plasmadas en sus asesinatos, se habían convertido en una masacre de vísceras y gore sin sentido. Sentía que sus manos sudorosas se resbalaban por el timón y temía que esto causara un movimiento brusco de la camioneta que hiciera que la señora Russo le cortara el cuello. Lina continuó pensativa y finalmente habló.

—Benítez, ¿sería tan amable, por favor, en decirme qué sucedió anoche con Picketty?

—¿Eh? Ayer. Llevé al señor Terranova al Bar de la 130, allá se encontró con el señor Picketty. Estuvieron un par de horas y luego el jefe salió solo.

—¿Y nada más?

—No, no, señora, nada más. El señor Terranova estuvo muy callado el resto del camino.

—Pero Jhon nunca regresó a casa.

—¡Ah! No, no señora, me pidió que lo llevara al *cottage* de la montaña. Y de allí salió con Álvaro esta mañana, muy temprano.

Lina guardó silencio por unos instantes viendo las lágrimas de lluvia jugando por la ventana. La mirada de una milla.

—¿Habló con Álvaro?

—No, no, señora.

Algo no andaba bien y Lina lo sabía. Cruzó sus labios con el dedo índice mientras descansaba su barbilla en el pulgar de su mano derecha. Sostenía su codo con el brazo izquierdo el cual presionaba con fuerza su pecho. El *cottage* era una casa refugio en las montañas que, gracias a las influencias de Jhon, había logrado construir violando todas y cada una de las licencias ambientales dado que estaba en medio de una reserva de conservación ambiental. De todos los escándalos que habían intentado fabricarle a su esposo, este era tal vez el único cierto. A Jhonatan no le gustaba particularmente ir a ese lugar, pues temía encontrar algún fotógrafo de tabloides que reiniciara el escándalo. En ese entonces, Jhon salió a los medios a solicitar excusas, argumentando que desconocía las restricciones de construcción y prometió demoler el lugar y restaurarlo con bosque nativo, no sin antes culpar de todo problema al arquitecto constructor a quien dejó por fuera del negocio. No obstante, como suele ocurrir con más frecuencia de lo debido, en este país la memoria es corta y el tiempo lava y limpia cualquier escándalo. Así fue como Jhonatan, cambiando de opinión, logró conseguir los permisos necesarios para permitir la construcción. Y no sólo eso, realizó mejoras en la casa convirtiéndola en un parapeto inexpugnable. La habilitó con un ascensor de pánico que permitía evacuar la casa hacia un sótano, el cual daba acceso a una vía subterránea que permitía la salida de la casa a unos cuantos cientos de metros en el bosque de manera indetectable. Jhon no estaría ahí, de no ser estrictamente necesario.

—Benítez, ¿por qué el *cottage*?

El guardaespaldas guardó silencio por un momento, aclaró su garganta un par de veces mientras pretendía estar distraído con el tráfico.

—¿Y bien, Benítez?

—El jefe nos ordenó trasladarla a usted, junto con los niños y la señora Débora, a Italia, con sus padres. El vuelo sale hoy en la noche en el *jet* de la compañía. El señor Terranova se va a mudar temporalmente al *cottage*.

Lina blanqueó los ojos tratando de contener su ira, los cerró con fuerza y apretó el arco de su nariz con furia.

—¿Y cuándo pretendía decírmelo, Benítez?

—Señora Russo, discúlpeme. Pensé que sería mejor que el jefe se lo dijera personalmente.

Contrario a lo que podía pensar de aquel inútil, Lina le concedió el beneficio de la duda. Definitivamente era mejor que Jhon se lo dijera a la cara. No obstante, ya lo sabía y si algo no se podía contener era la duda, la bendita duda que traía la curiosidad.

—Benítez, ¿qué sucedió?, ¿por qué Jhon se va a mudar al *cottage*?

El guardaespaldas mordió su labio indeciso de continuar la conversación, pero hacerlo sería inútil, máxime cuando aún faltaba un tramo largo de viaje. Finalmente lo escupió.

—Hace uno o quizás dos días… —Benítez se pausó, pensando de nuevo en lo que iba a decir, sin saber la reacción de Lina.

—¡«Hace uno o quizás dos días» ¿qué, Benítez?!

La furia de Lina sacó al guardaespaldas del estupor y finalmente culminó.

—Maximiliano, el mayor, escapó.

Lina cerró los ojos. Dejó volar su imaginación. Trató de regresar en el tiempo, en el momento justo en el que le rompía, por la espalda y sin darse cuenta, la cabeza con un jarrón a Max. Deseó haberlo asesinado ahí mismo, mientras yacía inconsciente en su casa. Deseó no haber escuchado jamás a su esposo. Deseó haber escuchado esa voz interior que gritaba, aullaba y vociferaba que dejar vivo a Max era un grandísimo error. No, un error no, una estupidez. Respiró profundamente. «Clases de atelier, clases de atelier». No podía permitirse que alguien de su altura perdiera la compostura y los cabales.

—¿Sabe cómo escapó?

—No, no, señora. Sólo encontraron los cuerpos de quienes lo custodiaban. Robó la ropa de uno de ellos junto con una pistola.

—¿Algo más que deba saber?

Benítez meditó un momento y concluyó.

—No, no, señora. El señor Terranova debe saber más.

«El todo omnisciente señor Terranova», murmuró con sarcasmo sólo para sí Lina.

Al llegar al edificio del *loft* donde vivían los Picketty, todo era un pandemonio. Periodistas, policías, escoltas, fotógrafos y todo un río de curiosos tratando de llevarse un pedazo de la carroña. Buitres malditos. Los camarógrafos se agolparon con sus cámaras en las ventanas de las camionetas tratando de agarrar la mejor toma de quien fuera que llegara. Un policía empezó a despejar el paso con el pitido estridente de su silbato. Finalmente, la caravana de Lina llegó al conjunto, se identificaron e ingresaron al sótano del edificio. Fueron directo al ingreso del elevador privado donde un grupo de escoltas de Pablo, junto con policías locales, se abarrotaban. Benítez se apresuró a bajar.

—Señora, espéreme un momento aquí, mientras la anuncio.

Benítez saludó a uno de los escoltas del ingeniero Picketty, quien inmediatamente le hizo a un policía y a un guarda del edificio un ademán de afirmación. Inmediatamente el escolta se apresuró a abrir la puerta de Lina, quien bajó con gafas gruesas oscuras para evitar cualquier contacto visual. Saludó rápidamente con un murmullo inaudible, prácticamente al piso e ingresó al elevador. Mientras miraba como cambiaban los números de los pisos, meditó en cuál sería el mejor rostro y saludo que debía poner. No había pensado en ello y debió practicarlo. Las gafas ayudarían a ocultar su falsedad.

Al ingresar al receptáculo del apartamento, todo era sombrío y silencioso. Saludó con un ademán plano a los asistentes. Se acercó a una de las amigas en común que tenía con Lorena, la esposa de Pablo Picketty.

—Hola. Esto es una tragedia, es… impensable.

—Sí, es terrible, y las condiciones como murió. ¡Por Dios!

Lina meneó la cabeza apretando los labios en señal de desaprobación.

—¿Y Lorena?

—En su cuarto. Sube, le agradará verte.

Lina subió lentamente por las escaleras y con una instrucción de su mano le ordenó a Benítez que esperara. Una vez en la habitación, encontró a la esposa abrazando a sus dos hijos en su regazo con la mirada perdida y sus rostros totalmente desencajados. A un nivel consciente, Lina sabía lo que era una pérdida y cómo comportarse ante ella, no obstante, los sentimientos y las sensaciones a menudo solían eludirla. Para ella reír, odiar, amar o llorar, podría ser lo mismo. Forzó su mejor cara y se arrojó a los brazos de su amiga.

—No digas nada, amiga. Sólo desahógate. —«No digas nada, pues no sabría qué contestarte, ni qué decirte». Lina permaneció así durante gran parte de la tarde, acompañando las oraciones de la mamá de Lorena. «Que pérdida de tiempo, debo hablar con Jhon. Debo hablar con Jhon, ahora».—Lore, voy a bajar un momento. Voy a buscar a Jhon. ¿Está bien por ti?

Lorena asintió sin mirar a Lina y se recostó sobre sus hijos acariciando sus cabellos. Lina se despidió de las personas que estaban en el cuarto y se dirigió al estudio, donde seguro encontraría a Jhon. Una vez allí, vio como su esposo hablaba en voz baja con otros miembros de la Junta Directiva del conglomerado Terranova. Al ver a su esposa, le sonrió y con un breve cabeceo se excusó de los otros hombres que al verla la saludaron con devoción casi reverencial, como si hubiera llegado la emperatriz del imperio, y lo era.

—Hola, cariño, ¿cómo estás?

Lina forzó una sonrisa a los presentes, tomó del brazo a Jhon y lo llevó aparte.

—Un poco indispuesta, ¿salimos a tomar un poco de aire? —Esto último lo dijo en tono lo suficientemente audible para ser escuchada.

Jhon asintió. Y se despidió momentáneamente de su séquito. Atravesaron la sala del *loft* hasta alcanzar la terraza, en la cual perfectamente se podía construir otro *loft*. Había parado de llover y ahora el cielo bucólico era reemplazado por un cielo azul de sol destellante. Los vestigios de la resaca empezaron a torturar de nuevo a Lina, quien se vio obligada a ponerse de nuevo los lentes oscuros. Caminó hasta la barandilla y se apoyó en ella. Notó que no estaban en el edificio más alto de la zona, así que cualquiera podría estarlos observando. Cualquiera de esos buitres de tabloides. Se cruzó de brazos y tapó su boca con la mano simulando un lamento y habló.

—¿Es en serio, Jhon? ¿Vos me estás jodiendo?

Cuando Lina estaba molesta, realmente molesta, empezaba a hablar con acento del cono sur, pues fue el primer tipo de español que aprendió después de su nativo italiano. Continuó:—Y como cereza del pastel, ¿una pelea de amantes homosexuales? ¿En qué estabas pensando?

A Jhon no le gustaba que lo interpelaran, nadie debía interpelarlo, nadie podía exigirle ninguna explicación. Era él quien las exigía. Al igual que Lina, miró a su alrededor y decidió hablar con el rostro gacho.

—Sobre lo último y menos importante, tú no conocías a Pablo como yo.

Lina inmediatamente giró su rostro, con la boca totalmente abierta.

—¿Quieres decirme que Pablo de verdad era…?

Jhon se encogió de hombros y frunció los labios en aserción.

—Servirá como una historia sólida, Lina. Pero eso no es lo importante. Lo importante es que pensé en lo que me dijiste y tenías razón.

—Nunca dije que debías matar a Pablo.

—No debías hacerlo, cariño.

Jhon se recostó de nuevo en la baranda, resopló y masajeó sus sienes con una mano.

—Quien quiera que me quisiera muerto, también quería a Picketty vivo, así que debía quitarle esa ventaja. Al menos hasta saber quién me quiere muerto.

Lina inhaló y exhaló profundamente para liberar la tensión acumulada en su diafragma.

—Bien, eso ya es agua bajo el puente. Ahora, dime, esposo mío ¿cuál es la historia con Maximiliano y nuestra «evacuación» a Italia?

Jhon quedó mudo por unos instantes. Odiaba que lo tomaran con la guardia baja. «Estúpido Benítez». Antes de que su esposo pudiera contestar, Lina continuó.

—Yo. No voy. A ningún. Lado. Me quedo en el *cottage* contigo. Ahora explícame, ¿por qué allí, en medio de la nada?

Jhon miró con admiración a su esposa. A veces necesitaba recordar quién era su esposa, quién era Lina Russo. Jhon bajó la cabeza, sonrió levemente y le respondió a su esposa:—Muy bien. Sobre los niños; perfecto, viajan solos donde tus padres. Sobre Maximiliano; al igual que tú, recién me enteré.

Lina observó con detenimiento a su esposo para leerlo, para leer que dijera la verdad, y la decía.

—Muy bien, y ¿por qué en el *cottage*? ¿Por qué no nos vamos todos antes de que vaya a la policía o algo peor?

Jhon volvió a sonreír y clavó el mentón en el pecho y pensó detenidamente sus palabras.

—Max viene por mí con todo. Hace tres días escapó, si hubiera querido denunciarme ante la justicia, ya lo habría hecho. Huir nunca será una opción, cariño. En cuanto a Max, lo conocí en esa selva, él tampoco va a escapar, no de esto. Va a intentar matarme. Me preguntas ¿por qué en el *cottage*? Porque quedarnos en la ciudad no va a evitar que el mayor Buenaventura ataque. No quiero arriesgarme a que un policía descerebrado termine atrapándolo con vida o, lo que es peor, que el mayor Buenaventura muera y yo deba dar explicaciones de por qué me quería asesinar. No, cariño, en el bosque acabará todo.

Lina asintió suavemente, pero con firmeza y mirando a los ojos de su esposo, sentenció.

—Sólo prométeme esto. Yo seré quien le arranque los ojos.

MAX

Cuando Max llegó al pueblo, decidió no precipitarse yendo al condominio de inmediato, sino esperar a que fuera bien entrada la noche. El conjunto residencial era típicamente un grupo de casas de veraneo a unas cuantas horas de la capital. Contaba con poco más de un centenar de residencias, con canchas de fútbol, tenis, vóleibol y otros deportes. También contaba con un complejo acuático bien dotado de múltiples piscinas y zonas húmedas. El campo de golf era uno de sus mayores atractivos y permanentemente recibía las visitas todos los fines de semana de los amantes de este deporte. Cuando estalló la pandemia, su familia decidió comprar tres casas en el conjunto. En una estarían sus padres con sus hermanos pequeños, en otra viviría Max, y la otra la tendrían en caso de que un familiar la necesitase. En el presente, ya nadie recuerda bien lo que se vivió y se sintió en la pandemia. El miedo, el terror del contagio. Oír a una persona toser o estornudar era casi como una sentencia de muerte. Hoy la gente suele burlarse de ello, pero en ese momento no era una broma, nadie se reía. Para ese entonces no se sabía a ciencia cierta el comportamiento del SARS-CoV-2; lo importante era aislarse lo mejor posible, evacuar las zonas altamente pobladas y esperar lo mejor. Por lo anterior, la idea de irse a vivir a ese condominio era la mejor de las ideas. El padre de Max había hecho construir en cada casa un reservorio adicional de agua; tanques de cuarenta metros cúbicos, casi once mil galones, lo cual debería durar, con un consumo razonable, poco menos de cuatro meses. Esto en caso de que se empezara a racionar el suministro, lo cual, para ese momento, era una presunción perfectamente válida. Max tampoco iba a escatimar en la seguridad de la familia. Como buen militar sabía que, si empezaban a escasear los medios básicos de subsistencia, el siguiente paso para los menos favorecidos sería el saqueo, los robos o algo peor. Haciendo uso de sus permisos de porte y tenencia de armas, adquirió un pequeño arsenal y lo almacenó en su casa en una caleta bien cubierta. Una carabina M4A1 con proveedores y alrededor de mil rondas; una SIG SAUER p365 y una Glock 43, ambas con tres proveedores y casi doscientas rondas. También contaba con dos chalecos antibalas tipo II, el cual le serviría para munición 9 mm, pero no más de eso. En realidad, no esperaba que algún ladrón corriente entrara con un fusil de asalto. Finalmente, había adquirido una escopeta de doble cañón calibre doce; esta, en caso de que las cosas se pusieran complejas y necesitara la ayuda de su padre, pues el uso de este tipo de armas era más simple. De igual manera, tenía un buen suministro de medicinas, kit de supervivencia y, sobre todo, un vademécum importante de analgésicos fuertes, entre ellos, metadona. No sabía con seguridad qué tipo de droga le habían estado inyectando para tenerlo restringido, pero lo que sí identificaba plenamente era lo que estaba sintiendo; la enfermedad, el malestar. Claramente estaba sufriendo de síndrome de abstinencia. Había presenciado los síntomas que padecían compañeros en el ejército que habían sufrido lesiones importantes y cuyo tratamiento requirió el uso de analgésicos fuertes derivados de opioides, lo cual terminaba inexorablemente en una adicción a estos. La sudoración, las náuseas, la ansiedad y los dolores le estaban pasando una factura importante de su secuestro. Sabía que el tratamiento para reducir los síntomas no era mejor que la adicción en sí, pero el uso de la metadona al menos mantendría a raya los síntomas y lo mantendría funcional hasta que localizara a Terranova. Ya tendría tiempo luego para un proceso de desintoxicación apropiado.

A pesar de su lamentable condición física, el entrenamiento de tantos años en operaciones especiales hacía que su cerebro operara casi en automático. Ingresó al conjunto residencial por la zona del campo de golf y avanzó sin dificultad, evadiendo las cámaras de circuito cerrado, hasta llegar a su casa. No había cambiado mucho, había escondido un repuesto de llaves dentro de una toma corriente con los tornillos flojos;

sólo esperaba que su papá no hubiera cambiado las guardas. Introdujo la llave de seguridad y rogó para que funcionara. La llave giró suavemente y la puerta abrió. Miró nuevamente a su alrededor para cerciorarse de que nadie lo hubiera visto. Una vez dentro de la casa, se desplomó agotado y se arrastró hasta la cocina, abrió el grifo y empezó a beber agua como si nunca antes lo hubiera hacho. Permanentemente giraba para ver más allá de los grandes ventanales para verificar que nadie estuviera a su alrededor. Cuando sació su sed, fue hasta la caleta, retiró un par de tablones de porcelanato falso y se zambulló directamente en el kit de medicina, tomó una ampolleta de metadona, arrancó el empaque de una jeringa y clavó la aguja en la botella de vial. Jaló el émbolo hasta lo que calculó debía ser la cantidad adecuada. «No quiero acabar de intoxicarme. Sería un final muy pendejo», y lo clavó en la piel directamente en la vena de su brazo izquierdo. Exhaló exhausto y se permitió descansar por unos minutos. «Malditos hijos de puta. Me convirtieron en un puto drogadicto».

Cuando se sintió recuperado, se incorporó y fue a su cuarto. Quería darse un muy buen baño, pero a esta hora de la noche, aventurarse a que el ruido de la ducha llamara la atención era un riesgo inapropiado que no quería correr; así que decidió abrir con suavidad la llave del lavamanos y con una toalla aseó su cuerpo. Se miró fijamente al espejo. «Carajo, envejecí mil años». Estaba flaco demacrado con la piel manchada. Los huesos cigomáticos sobresalían prominentes de sus pómulos dándole una apariencia cadavérica. Su rostro le recordaba aquellas fotos y vídeos que se mostraban en los campos de concentración en Auschwitz. Sus costillas se podían contar, pero era algo que no debía distraerlo, no debía inmutarlo. Ya tendría tiempo de alimentarse adecuadamente. La adrenalina de su odio lo impulsaba, lo movía, lo alimentaba. Terminó de arreglarse y se afeitó lo mejor que pudo en medio de la oscuridad. Fue al armario y sacó ropa; le quedaba un poco grande, pero era mucho mejor que lo que usaba. Al salir de la habitación, notó su colección de gorras de Los Medias Rojas de Boston. Sonrió. Las miró todas y tomó aquellas con los colores tradicionales del equipo de béisbol, una de colores vivos y letras blancas. Se la puso y se miró en el espejo en medio de la oscuridad. «Demasiado conspicua». La dejó de nuevo en la pared y tomó otra de colores oscuros, colores tácticos como los de su ropa.

Se arrodilló de nuevo en la caleta y sacó las armas. Tomó la carabina, la desacopló para verificar que estuviera limpia y engrasada y, aunque estuvo tentado en llevarla, decidió no hacerlo pues no sería fácil de ocultar. Tomó las dos pistolas junto con los proveedores y una caja de munición extra. De igual manera desarmó con agilidad las armas y notó que la SIG SAUER se sentía pegada. Tomó del fondo la caja de limpieza, aplicó algo de aceite y con ayuda de un limpiapipas le hizo un rápido mantenimiento a la pistola. La ensambló de nuevo y verificó que el riel corriera de manera suave. Sacó también uno de los chalecos antibalas y se lo puso teniendo cuidado de que el velcro no hiciera ruido. Se puso una camisa encima y un buzo y vio en el espejo que, por su extrema delgadez, no se notaba que lo llevara. Tomó un maletín e introdujo todo, con más equipo de intendencia, junto con un par de jeringas y viales adicionales de metadona. Sabía que el efecto del analgésico sólo duraría entre ocho a diez horas y debía estar alerta. «Ya habrá tiempo para desintoxicarme. ¡Malditos!». En su cabeza empezaron a retumbar ecos del pasado, de sus hombres de escuadrón, de sus amigos. Recordó al sargento Gutiérrez y a su viejo iPod en el cual llevaba sus canciones favoritas para el combate y entre ellas, la misma tonada que repetía una y otra vez que salían en misión. *Ride of the Valkyries,* de su película favorita, *Apocalypse Now.* Max sonrió, «Anciano, juró que a veces te comportabas como el coronel Bill Kilgore».

Al salir del cuarto notó que algo no iba bien y se agazapó contra la pared. Una voz gruesa, grave, muy profunda, pero afable y conocida le hizo un nudo en la garganta.

—No te asustes, hijo. Soy sólo yo. Papá.

Una tormenta de emociones, una cascada de sentimientos inundó su ser. Salió lentamente de las sombras y vio a su progenitor. Delgado, más delgado de lo que jamás lo recordaba. De igual manera que él, totalmente envejecido. Las ojeras profundas, muy marcadas, ennegrecían sus ojos dándole un aspecto oscuro a sus cuencas. Fabiano Buenaventura levantó sus manos en muestra de rendición hacia su hijo, como si se tratara de un animal salvaje al que no quería asustar.

—Por favor, no te vayas. Sólo vine a hablar. —Las lágrimas empezaban a encharcar sus ojos y la voz cada vez salía con mayor dificultad—. Tu madre me contó sobre una llamada que recibió. Fuiste tú, ¿verdad?

Maximiliano permanecía mudo, congelado, petrificado. No estaba preparado para esta situación, había preferido no pensar en ello para no distraerse de lo que debía hacer. Sentía vergüenza. «¿Lo habría visto su padre drogarse? ¿Su rostro demacrado y apariencia desaliñada lo delatarían?». Sintió tener ocho años de nuevo, quería correr a los brazos de su papá y abrazarlo. Fundirse en el regazo de su padre en un abrazo interminable que lo hiciera sentir de nuevo en un mundo mágico en el cual nada malo le podía pasar porque su padre, su héroe, siempre estaría ahí para protegerlo; un mundo donde la maldad no existía, sólo la felicidad y el amor de la familia. Pero no, no estaba en ese mundo, ese mundo no existía, de hecho, nunca había existido. Él estaba en un mundo de monstruos, un mundo de crueldad y dolor. Un mundo para el cual había sido entrenado para eliminar amenazas. Un mundo al cual él había ayudado a liberar un monstruo. Jhonatan Terranova, el Guahaihoque, el Tramoyista. Debía remediar ese error, corregirlo, tal como había remediado, junto con su escuadrón, amenazas anteriores. Eliminar amenazas. Búsqueda y destrucción. No había nada más.

—Hola, papá. ¿Cómo sabías que me encontrarías aquí?

Con precaución, Fabiano se arriesgó a tomar un paso adelante para estar más cerca de su hijo, pero aún con las manos en alto, las cuales empezó a bajar lentamente.

—Tu mamá supo de inmediato que fuiste tú quien la llamó y yo siempre supe que no regresarías a la casa. Al menos no de inmediato.

Nuevamente un ahogo le cerraba el cuello y ahogaba a Max.

—¿Cómo está mamá?

—Esperándote. Todos te estamos esperando, Max.

—¿Y por qué creías que no volvería a casa?

Sin meditarlo y sin siquiera parpadear, como si hubiera repasado esa respuesta una y otra vez en su cabeza, Fabiano respondió sin duda:

—Jhonatan Terranova. Todo esto es sobre él, ¿no es así?

Max frunció el ceño y entreabrió su boca en sorpresa y, con un leve movimiento de su cabeza, asintió a la aseveración de su padre.

—¿Cómo lo sabes?

El señor Buenaventura continuó acercándose lentamente, pero sin intimidar a Max.

—Cuando desapareciste, el coronel Gordillo y yo intentamos hablar con Terranova, pero solo llegamos a su asistente y nos repitió lo mismo que le dijo a la policía: que te fuiste intoxicado de su casa, en un estado delirante. Dijo que había intentado detenerte, pero que finalmente te fuiste en contra de su voluntad. Las cámaras de seguridad mostraban como alguien con tu gorra salía del conjunto y se perdía en la carretera hasta donde no había más cámaras.

Fabiano resopló con fastidio y continuó visiblemente molesto y las lágrimas en sus ojos transformadas en ira.

—El coronel y yo te conocemos y sabemos que tú jamás hubieras hecho tal cosa. Jamás hubieras sucumbido ni a la tristeza ni a la desesperación. —Nuevamente bufó y se lamentó—. Pero sabes cómo es en este país, nadie se atrevería a importunar al «gran señor, todopoderoso» Jhonatan Terranova.

Nuevamente un trago amargo se le atragantó en el pecho a Max. En medio de su odio había olvidado a otra persona que claramente habría sufrido su desaparición. El coronel Gordillo, su comandante líder en la base Cubará, no sólo era su oficial al mando, sino que lo había acogido y protegido como un padre podía hacer con un hijo. Durante los días sombríos de duelo, que siguieron a la pérdida de su escuadrón durante la liberación de Terranova, Gordillo lo había apoyado y respaldado por completo. A pesar de que la justicia militar quería ir detrás del mayor por su supuesta complicidad en los hechos que rodearon el intento de asesinato de Terranova en la base, durante la rueda de prensa, a manos de Carolina Rendón, el coronel lo mantuvo aislado y fuera de la mira de los investigadores.

—¿Cómo está el coronel?

Fabiano volvió a rezongar en desagrado.

—Después de llamarlo a calificar servicios, forzaron su retiro. Lo que sucedió en la rueda de prensa en la base, junto a tu desaparición, le dio a la policía militar argumentos para justificar que su capacidad de mando estaba comprometida.

Max murmuró con ira apretando sus puños, cortándole la circulación a sus nudillos. «Maldita, sea. Maldito Terranova». Max dio unos pasos hacia su padre, lo miró fijamente y continuó.

—Voy a arreglarlo. ¡Lo prometo!

Fabiano intentó tocar a su hijo, pero este retrocedió un poco. El padre volvió a alzar sus manos para tranquilizarlo; retrocedió un paso y, cambiando un poco su tono afable por uno más severo, le cuestionó.

—¿Y qué piensas hacer? ¿Ir hasta su casa y liarte a tiros con todos sus guardaespaldas? ¿Vas a ir allá en modo John Wick o Jason Bourne?

Max encontró la referencia divertida y respondió con desgano.

—Ves muchas películas, pa'.

Y mirando a su padre con cariño continuó.

—No puedo regresar con ustedes hasta que no haga esto. Hasta que no solucione lo que hice. Ni la policía, ni la fiscalía, ni nadie va a hacer nada en contra de este tipo. Necesito hacer esto, papá. Por favor, compréndeme.

Fabiano descargó la cabeza pesadamente en su pecho, cerró los ojos y suspiró con tristeza.

—Lo sé. Pero prométeme, hijo, que vas a volver. ¡Prométeme que vas a regresar!

Con nubarrones densos de dudas e inquietudes y con un futuro por demás incierto, Max asintió.

—Volveré, papá. Dile a mamá que volveré. Dile que me viste bien y, por favor, hazla entender, pues sé lo duro que puede ser para ella.

—Para todos, Max. Esto es y ha sido muy duro para todos.

Fabiano sacó unas llaves que había mantenido en el bolsillo de su pantalón y se las entregó a Max.

—Son de una moto no muy llamativa. La pagué en efectivo en un pueblo cercano. Podrás pasar desapercibido sin problema. Está parqueada en el costado norte del conjunto, contiguo al bosque.

Tomó una bolsa de papel que había puesto en el mesón de la cocina y se lo entregó.

—Es algo de comida y dinero. También hay unos documentos de algún sujeto que te pueden servir de identificación.

Max recibió la bolsa de papel, sacó el contenido y miró los documentos.

—¿Ahora quién se comporta como Jason Bourne?

El señor Buenaventura bajó de nuevo su cabeza, dudó por unos instantes en silencio y concluyó.

—En la bolsa encontrarás también las diferentes direcciones de residencia de los Terranova.

Max abrió los ojos con sorpresa.

—Gracias, papá.

Los hombres permanecieron unos instantes eternos en un profundo abrazo mental.

—Vuelve, hijo. Regresa a nosotros. Haz lo que tengas que hacer y regresa.

—Volveré, papá. Lo prometo.

Y saliendo de la misma manera en la que ingresó al conjunto, se retiró resguardado por las sombras del campo de golf. En su cabeza, el coro de la canción *So long* de Everlast se repetía una y otra vez.

LAGOS

El teniente Lagos y la sargento Orduz habían pasado toda la noche analizando todos los documentos que el capitán Víctor Morales del GAULA del ejército le había enviado a Vivian sobre el proceso de liberación de Jhonatan Terranova. Imprimieron todos y cada uno de los documentos y los esparcieron en todas las paredes de la oficina de Lagos con el fin de construir una línea de tiempo. Cada sección estaba organizada por el material visual, fotos y *screenshots* de vídeos, junto con los documentos soporte correspondientes a las fechas de la operación de extracción de Terranova. De manera paralela, en la parte inferior, pegaron todos los archivos y líneas de investigación del caso del Tramoyista, empezando con la fecha en que se tomó la foto de la reunión entre Héctor Rugeles, alias el Comandante, junto a Carolina Rendón; y terminando con el hallazgo del cadáver del Comandante, casi seis meses después de la liberación del empresario Jhonatan Terranova.

Entre estas dos fechas, en ambas líneas de investigación se encontraban varios eventos que, a todas luces, en la cabeza del teniente Lagos y la sargento Orduz no podían corresponderse a hechos aislados o simples coincidencias. Al repasar las fechas, varias de ellas ocurrían con una ventana de tiempo razonablemente similares.

A Lagos le molestaba un caso en particular. Este asesinato, el de la línea de investigación del Tramoyista, ocurrió apenas unos días después de la liberación de Terranova y coincidía con el rango de fechas de la desaparición del profesor, del medio de comunicación de la facultad, que había autorizado a Carolina Rendón como corresponsal de prensa de la universidad para la rueda de prensa en la base Cubará. Cuando ella murió, en medio de su intento de asesinato de Terranova, la línea de investigación se abrió en varias ramificaciones. Por un lado, se trataba de señalar cuál frente de la guerrilla de la Armada Popular Revolucionaria, APR, había sido el responsable material del secuestro y, paralelamente, se investigaron las relaciones y móviles que permitieron llevar a Carolina Rendón hasta la base militar para cometer el intento de homicidio. Esta última sección de búsqueda llevó al GAULA del ejército hasta el profesor Orlando Matheus. Como era de esperarse por la situación, al llegar las fuerzas policivas hasta el domicilio del sospechoso, este había desaparecido. No brindaron mayor importancia y lo declararon como indiciado prófugo. No lo encontraron y tampoco invirtieron recursos para hacerlo. Solo unos días después, se halló el primer cuerpo incinerado del Tramoyista. La conclusión del teniente Lagos era que dicho asesinato, a diferencia de los anteriores, intentaba ocultar la identidad del occiso. Durante el procedimiento de autopsia, si bien no se logró ningún tipo de identificación, ni dental, ni dactilar, se determinó que la edad de individuo estaba en el rango de 36 a 44 años. En el expediente del secuestro de Terranova, la edad de Orlando Matheus señalaba 38 años para el momento de su desaparición.

Lagos no paraba de masajear su barbilla una y otra vez, lo cual producía un sonido de lija, ya que llevaba al menos tres días sin afeitarse y la misma cantidad de tiempo sin un adecuado baño.

—Vivian, te apuesto un almuerzo en el restaurante que prefieras a que Orlando Matheus es nuestra víctima veintidós del Tramoyista, la que encontramos en el depósito abandonado en las afueras, ¿recuerdas?, ¿el primer incinerado?

—¿Mhm? La verdad, jefe, me quedé pensando en lo primero que dijo, ¿lo de nuestro almuerzo?

Orduz sonrió, tratando de ofuscar a Lagos y continuó.

—De verdad, jefe ¿consideras adecuado que tú y yo salgamos a almorzar en una cita? No sé, la gente ya empieza a murmurar.

El teniente blanqueó los ojos y fulminó a su compañera con la mirada.

—No me jodas, Orduz. ¡Es en serio!

La sargento frunció los labios detectando inmediatamente su error y alzó sus manos como gesto de excusas.

—*Okey, okey*. Lo siento. También creo que es nuestro sujeto. Pero hay algo que no me cuadra. Sé que el Tramoyista acostumbra a asesinar gente de las más baja ralea. Delincuentes, violadores, drogadictos, etcétera.

Vivian bufó, meneó la cabeza en desaprobación y continuó.

—¡Carajo! Deberíamos darle una medalla.

—¡Hey! No me vengas con esas pavadas tú también. Suficiente tenemos con la prensa tratándolo casi como un antihéroe o un vigilante vengador, para que tú opines lo mismo.

—Jefe, lo siento, pero es inevitable pensarlo. No sabemos los antecedentes de todas sus víctimas, pero de las que sí, sabemos con toda seguridad que nuestro asesino serial le prestó un servicio a la comunidad.

Los policías guardaron silencio durante un par de minutos tratando de apaciguar las aguas. No era que ellos no hubieran discutido antes, o que no tuvieran diferencias sobre los casos; sí, definitivamente tenían sus diferencias y apreciaciones antípodas sobre múltiples aspectos, pero sobre en lo que correspondía con el Tramoyista, Lagos era vertical e inflexible. Durante estos años había tenido que soportar las burlas y el desdén tanto de compañeros como de superiores, como para tener que soportar debates moralistas de cómo llevar el caso. Su caso. Nadie más que él sabía cómo debía lidiar con este asesino en serie. Cómo terminarlo. En una maldita celda o con un tiro en la cabeza. No había más. Orduz rascó su cabeza, restregó sus manos con fuerza varias veces por su rostro y continuó.

—Lo siento, jefe, es que el perfil de este profesor no encaja. Sabemos que, tal vez, sólo tal vez, el tal Orlando Matheus pudo participar en el intento de asesinato de Terranova, a través de tu *crush*. Pero eso no lo sabemos a ciencia cierta, entonces ¿por qué el maldito Tramoyista cerniría sus alas de ángel vengador sobre este sujeto sin siquiera estar seguro?

Orduz se recostó por completo en la silla haciéndola crujir y protestar. Descansó sus antebrazos en la cabeza, apretó sus ojos con fuerza y siguió.

—Además, el asesinato de este sujeto sucedió solo un par de días después del intento de asesinato de Terranova. Toda la investigación era reserva del sumario, ¿cómo nuestro sujeto iba a saber hacia dónde apuntar con tan corto tiempo?

Lagos, que hasta ese entonces se mecía en su silla cavilando en los hechos, se detuvo de golpe, se tiró contra el escritorio con los codos apoyados y los dedos entrelazados y cubriendo su boca con ojos desorbitados, sentenció:

—¡Porque lo sabía!

Orduz volvió a rascar la parte trasera de su cabeza con rostro visiblemente de duda.

—¿De qué hablas?

—Exactamente de eso, Vivian. La única forma de que nuestro sujeto supiera a donde «apuntar» es porque lo sabía. Nuestro sujeto estaba en el círculo cercano del caso del rescate de Jhonatan Terranova.

El teniente se paró rápidamente de la silla, lo cual castigó de inmediato su zona lumbar, recordándole su edad. Frunció el rostro en dolor; se inclinó un poco para ajustar su postura y se dirigió de nuevo a Orduz.

—Vivian, no sé qué carajo vas a hacer para conseguir una muestra de ADN del cadáver del depósito, pero hazlo. Habla con Castillo para ver si guardó algún material biológico de esa autopsia. Busca a algún juez que te autorice la exhumación del cadáver, no lo sé. Pero haz lo que debas hacer.

Vivian quedó perpleja en su silla por la repentina explosión de adrenalina de su compañero y deseando no contrariarlo más. Pues aún se sentía mal por la discusión previa, respondió sin objeción.

—Claro que sí, jefe. Por supuesto. Cuenta con ello. Mientras tanto ¿tú qué vas a hacer?

—Voy a organizar todo este berenjenal para luego hablar con el jefe. Necesitamos que esté de nuestra parte para que nos dé apoyo para investigar al círculo cercano de ese caso.

La sargento frunció unos de sus ojos levantando una ceja en señal de malestar.

—Querrás decir el círculo cercano de Jhonatan Terranova. Del todopoderoso Jhonatan Terranova.

Lagos asintió con largos movimientos de su cabeza, con los ojos fijos en el vacío del cuarto.

—Así es, creo que así es.

Orduz dejó escapar un sonoro silbido y terminó antes de salir con buena marcha de la oficina del teniente.

—No será nada fácil, jefe. Para nada fácil, pero aquí vamos.

MAX

Maximiliano había llegado temprano a la capital. El viaje, desde la casa de veraneo, en la motocicleta que le consiguió su padre, había sido infinitamente más fácil de lo que tenía planificado. De no ser por ello, habría tenido que movilizarse en trasporte público, lo cual hubiese retardado su desplazamiento entre los puntos que le había entregado su padre como posibles localizaciones de Jhonatan Terranova.

Su padre había pensado en todo. La moto estaba dotada de una caja para el servicio domiciliario, junto con el chaleco respectivo. En la capital, nubes de estos trabajadores inundaban las calles y vías principales; así que uno más no despertaría ninguna sospecha. Tan pronto arribó a la ciudad, lo primero que hizo fue comprar comida de diferentes puntos conocidos para provisionar la nevera de domicilios. Aprovechó ese momento para alimentarse. Hacía un par de horas, Max empezó a sentir que el efecto de la metadona estaba empezando a ceder, y con ello, los síntomas de la abstinencia comenzaban a avanzar. Entró a un baño público, abrió su maleta deportiva y sacó el vial que ya había empezado a usar junto con una nueva jeringa. Suspiró con decepción y resignación. Se retiró la chaqueta y subió la manga de su camisa. Golpeó un par de veces la corva de su antebrazo, como lo había visto hacer a los drogadictos, y se inyectó. Se sentía sucio, bajo, miserable. Esta tragedia lo había rebajado a convertirse en un triste drogadicto. No sabía qué lo hacía sentir peor, si el hecho de inyectarse la droga o la sensación de alivio, casi de inmediato, que esta le hacía sentir. Descansó sentado sobre la tapa del sanitario unos momentos, mientras el efecto del analgésico surtiera efecto. Al sentirse mejor, sacó las pistolas de su maletín junto con los proveedores y la caja adicional de munición. Con juicio desarmó tanto la SIG SAUER como la Glock y depositó cada parte en bolsas con sello de vacío. Sacó los seis proveedores y empezó a empujar una a una las balas dentro del receptáculo. De igual manera los guardó en bolsas plásticas, cuidando que no quedaran expuestos a humedad, grasa u otra sustancia. Una vez terminó, sacó las comidas que había comprado y que simularían su servicio como domiciliario, las sacó de sus bolsas y empezó a introducir cada bolsa con las partes de su pequeño arsenal dentro de cada comida. Con cuidado selló de nuevo las bolsas de la comida y estuvo listo para salir. Pensó por un momento qué hacer con las balas restantes, si tirarlas en la basura o por el sanitario, pero concluyó que no eran tantas y que podía llevarlas en sus botas. Si lo detenían y descubrían lo que llevaba en la comida, sus botas serían el último de sus problemas.

Al salir del centro comercial, notó que estaba pasmosamente tranquilo y relajado. «Debe ser un efecto colateral de la metadona». Pagó lo correspondiente al parqueadero y salió.

Miró el grupo de direcciones del listado que le entregó su padre. Se sintió mal al pensar que, con esto junto con la moto y los documentos falsos, su padre ya se había involucrado demasiado. Ahora su papá sabía perfectamente cuál era su objetivo y si las cosas no salían como esperaba, terminando muerto o peor, su padre con toda seguridad iba a tomar cartas en el asunto, tal vez con Gordillo, y eso Max no lo quería. No quería que nadie más tuviera esos sentimientos de odio. Nadie debía compartir su dolor. Nadie debía torcer el camino, sólo él.

«Muerto o peor». ¿Hasta dónde había llegado su odio y dolor que sentía que había cosas peores a la muerte, y prefería recibir a esta con los brazos abiertos? «No, no puedo hacerle eso a mi familia». Mentalmente trazó un mapa en su cabeza para establecer direcciones cercanas desde donde estaba y entre sí. Previó no ir a las ubicaciones, donde muy probablemente se ubicaban las oficinas del conglomerado, pues con la muerte de Pablo Picketty, uno de los socios principales del *holding*, la zona con toda seguridad iba a estar abarrotada de prensa y seguridad.

Lo anterior le dejaba tres sitios probables de residencias, todos distantes entre sí. En el papel, entre paréntesis, se leía «domicilio principal». Max encendió la moto y se dispuso a atravesar la ciudad hasta la residencia.

El barrio era un sinfín de edificios modernos ubicados en las laderas de las colinas con una vista privilegiada hacia la ciudad. Aún quedaban un par de casas victorianas remodeladas de madera moderna o restauradas. Sin importar que, definitivamente, el dinero fluía a borbotones por esas calles. Guardas de seguridad privada y un sin número de camionetas blindadas parqueadas a lado y lado de la acera eran custodiadas por escoltas que, por la pinta, claramente habían hecho su tiempo en algún cuerpo oficial; policíaco o militar. Contrario a lo que había pensado, su presencia por aquellas calles no pasaba desapercibida y, por el contrario, era visto con recelo. «A veces la mejor forma de ocultarse es a plena vista».

Cuando intuyó que estaba cerca de la dirección se acercó a un grupo de escoltas y les preguntó por una dirección cercana a la residencia Terranova. Lo suficientemente cerca como para pasar al frente de la casa. Le dieron las indicaciones confiando en que, con toda seguridad, se comunicarían con los escoltas de esa cuadra para advertirles de su paso. Una vez entró en la boca de la calle, notó como un grupo de guardaespaldas bajaban de la acera y le hacían ademanes para que se detuviera. Max sonrió. «Qué predecibles». Sin dudarlo, Max se detuvo, con tan buena suerte que la casa de los Terranova estaba tan sólo a unos veinte metros en diagonal, podía divisar desde ahí todo el antejardín.

—Hola, compañero. ¿A quién anda buscando?

Max trató de ocultar su acento e intentó imitar uno del interior del país. Cualquier acento ajeno a la capital o similar al de un extranjero, como era el de él por haber nacido cerca de la frontera, llamaría innecesariamente la atención.

—Buena tarde, mijo. Me dieron esta dirección y llevo buscándola hace diez minutos y nada. Sé que es cerca, pero empiezo a creer que fue una tomadura de pelo. Chinos desgraciados.

Los escoltas le creyeron, miraron la dirección y hablaron entre sí.

—Pues sí, parece que es por aquí, pero el número de la placa no cuadra.

El escolta miró la caja y levantando la barbilla preguntó.

—¿Y qué lleva ahí, pelado?

—Unas hamburguesas. ¿Por qué? ¿Las quieren? Se las vendo.

Los escoltas rieron entre sí y Max les siguió la corriente forzando una risa amable, la mejor que podía dada las circunstancias. Aprovechaba el momento para seguir mirando el antejardín de la casa de los Terranova. Había movimiento, mucho movimiento en la mansión victoriana. En dos camionetas Mercedes Benz G63, un grupo de escoltas entraban y salían a paso redoblado cargando los maleteros del vehículo con valijas y sendas cajas; evidentemente estaban en plena mudanza. Una tercera camioneta, otra Mercedes Benz GLC, sólo estaba parqueada con el motor encendido y la puerta trasera del pasajero abierta. Un escolta permanecía inmóvil al lado simplemente esperando.

—¿Y en cuánto la deja, chino? Le doy diez mil.

Max forzó nuevamente una sonrisa, hizo un ademán típico de barrio popular y respondió.

—No jodas. Eso solo cubre el gasto de mi venida hasta aquí. Habían pedido tres hamburguesas de esa hamburguesería famosa. La cuenta me salió en ciento veinte mil, pero se las dejo en cien, como pa' no perder el viaje.

Los escoltas hablaron entre sí y Max continuó observando el antejardín, de repente, una figura grácil, imponente y definitivamente hermosa, salió por la puerta principal. De inmediato, Max la reconoció. Era Lina Russo, la esposa de Jhonatan Terranova. Aunque Max nunca se había quitado el casco, bajó un poco la visera; temía ser reconocido por Lina. «Pobre señora, no se imagina el desgraciado que tiene por esposo. Debo protegerla, liberarla, a ella y sus hijos. No puedo permitir que la desgracia que le pasó a Carolina y a Margarita le pase a ella también».

—Pelado, le damos sesenta mil.

Max simuló desagrado por la propuesta, pero debía mantener la charada.

—Setenta, al menos. Colabórenme. Ya perdí un montón de plata.

Los escoltas se miraron entre sí y asintieron. Max se bajó de la moto, abrió la nevera de domicilios y sacó las hamburguesas. Verificó el peso de cada una, para validar que no fueran las que contenían sus armas, y se las entregó. Recibió el dinero que cada escolta sacó de su billetera y demoró el tiempo necesario para salir unos segundos después del séquito de Lina.

La avenida principal estaba congestionada. Y el tráfico era muy lento. Esto ayudaba a Max para mantener una distancia prudente sin ser detectado; además, las camionetas eran lo suficientemente conspicuas como para no perderlas de vista. Después de seguirlos por casi media hora, Max empezó a intuir la ruta que estaban siguiendo y su destino. Sacó del bolsillo de su chaqueta el papel de direcciones que le había entregado su padre y corroboró una de las direcciones para validar que estaba en lo correcto. Después de varios minutos, la caravana se desvió por calles cada vez más solas, lo que hacía el seguimiento evidente y por ende dificultoso. No obstante, Max ya sabía el sitio de llegada, no había necesidad de continuar rastreándolos.

Max desplegó en su celular un mapa de la zona que había descargado por internet. La única casa en el lugar era una mansión de aproximadamente setecientos metros cuadrados que correspondía con la dirección de la lista. Buscó rutas alternas sin pavimentar y accedió por una de ellas intentando no ser visto. Cuando estuvo a una distancia prudente dejó la motocicleta y la ocultó con ramas de pinos y eucaliptos. El atardecer empezaba a caer y los arreboles de la noche florecían.

Max abrió la maleta de domicilios y empezó a sacar la comida donde había ocultado las armas. Con delicadeza empezó a sacar las bolsas sin arruinar la comida, pues de todas maneras la iba a consumir; tenía hambre y no estaba en él, ni en la educación recibida en la casa materna, el desperdiciar la comida. Ensambló las pistolas y acomodó los proveedores extras alrededor de su cintura.

Como fuera que resultara esta situación, no quería que lo ubicaran en la casa del ingeniero Jhonatan Terranova, así que se puso unos guantes de cuero y encima un par de guantes de látex. Ninguna huella de él sería hallada. Puso pintura de camuflaje en su rostro y cuello y, con esa misma mezcla, embadurnó su cabello. Luego se puso un pasamontaña. «Ni un solo cabello debo dejar». Jaló las correderas de ambas pistolas y verificó que quedaran con una bala en la recámara, les puso el seguro y las guardó en el cinturón táctico. Ajustó de nuevo el velcro de su chaleco antibalas y, finalmente, en una de las abrazaderas de este, puso un cuchillo militar fijo KA-BAR Fighter y en la otra un bastón de acero tambo retráctil. Debía recordar que, si bien debía sortear una serie de guardaespaldas antes de llegar a Jhon, la mayoría de estas personas eran inocentes y no tenían nada que ver con el Tramoyista. Tal vez uno o dos escoltas estarían involucrados, pero nadie más. Uno de ellos, el que lo golpeó por la espalda el día que estaba en la casa de verano de Jhonatan y no lo alcanzó a ver. Así que, debía evitar a toda costa el uso de fuerza letal, razón por la cual el bastón tambo debía ser el más usado. Las otras armas debían ser para intimidar y nada más. «Y nada más».

El mayor Maximiliano Buenaventura, siguiendo al pie de la letra todas sus tácticas de reconocimiento, esperaría a que fuera la noche, para ir a la residencia Terranova, y ahí, oculto en la arboleda, esperó.

LAGOS

—¿Acaso te has vuelto loco, Lorenzo?

Rezongaba sin parar el avezado capitán de la policía de la capital, al tiempo que caminaba de un lado al otro sin poder detenerse. Abrió de nuevo la gaveta superior del viejo escritorio de madera, decorado al mejor estilo Luis XV; totalmente fuera de lugar en comparación con la mueblería del resto de edificio. Se decía que lo trasteaba consigo desde su primer trabajo, desde que era un simple detective, pues había sido un regalo directo del alcalde de aquel entonces en agradecimiento por resolver un crimen de contrabando. La gente podía burlarse de ello, pero lo cierto era que el viejo mueble tenía su propia personalidad y resaltaba el carácter del capitán Román Bermeo.

Sacó un paquete de cigarrillos, de esos con la figura de un cacique americano, arrugó el papelillo y miró en su interior, vociferó un improperio y lo tiró a la papelera de basura. Caminó con dejadez hasta el perchero donde estaba colgado el saco de su traje y revisó varios bolsillos. Retiró un paquete nuevo de cigarrillos, rasgó el sello y tomó uno de los rollos de tabaco sin filtro. Lo encendió con su viejo Zippo, también acorde con su carácter, pues el metal del mechero estaba decorado con diferentes escudos e insignias de la policía. Lo arrojó al escritorio al tiempo que tomaba una enorme bocanada tratando de liberar la tensión.

—A ver, pendejo. ¿Quieres que yo emita una orden para abrir una línea de investigación en torno al círculo de Jhonatan Terranova, relacionado con el asesino serial el Tramoyista?

Lagos inclinó su cabeza a un lado, mirando el escritorio de su jefe y meneando la cabeza le respondió:

—No es precisamente el círculo de Jhonatan Terranova. Es el círculo cercano de personas que participaron en su rescate. Sé que puede sonar como una diferencia trivial, pero es una diferencia, al fin y al cabo.

El capitán gruñó al tiempo que pasaba su mano por el rostro.

—A ver, huevón. Para que nos entendamos. Cualquier círculo cercano de Jhonatan Terranova ¡es Jhonatan Terranova! No hay más. Además, ¿has visto las noticias hoy? ¿Entiendes lo desafortunado que sería emitir una orden de este tipo, en medio de la muerte de Pablo Picketty con semejante escándalo?

Se movió con pasos ágiles hasta la mesa de su oficina, tomó las fotos y documentos de las investigaciones del Tramoyista y del rescate del empresario y las tiró delante de Lagos.

—Vienes con sugerencias y presunciones sobre cosas de las cuales no estás seguro. Con indicios sobre fechas de desapariciones que coinciden con tus homicidios y ¿quieres que los vea como hechos ciertos?

Perdiendo un poco la paciencia, fruto tal vez de la frustración, el teniente protestó.

—Vamos, jefe. Ni indicios ni sugerencias. La prueba de la relación está aquí, delante de nuestras propias narices. No puede ser coincidencia que Orlando Matheus, el profesor que envió a Carolina Rendón a asesinar a Jhonatan Terranova, de repente aparezca asesinado por nuestro asesino.

El capitán interrumpió a Lagos golpeando con su puño la mesa, al tiempo que lo señalaba con el índice de su otra mano dejando escapar ceniza de su cigarrillo.

—No hay pruebas de que ese dichoso profesor haya enviado a asesinar a Terranova.

El capitán resopló de nuevo inundando la habitación de humo y continuó.

—Ni tan siquiera sabemos si ese tipo estuvo involucrado en algo o si está muerto.

Lagos entrecerró sus ojos y respondió:

—Entonces, si no está muerto ¿por qué huyó? ¿Por qué nunca lo encontraron?

—¿Y cómo carajos voy a saberlo? En lo que a mí respecta, puede estar de parranda —sentenció el adusto capitán Bermeo.

—Por favor, Román. Nadie puede ser tan ciego.

—¡Hey! —respondió el capitán, subiendo el tono lo suficiente para dejar claro lo que diría a continuación—, mide tus palabras, muchacho.

Lagos juntó las palmas en señal de excusas y decidió guardar silencio por un momento.

—Recuérdame, si me equivoco, ¿no fuiste tú quien mencionó la posibilidad de que ese asesinato pudo haber sido perpetrado por un imitador?

Tomó de nuevo una honda bocanada de humo y siguió.

—¿Por qué no ambos?

—¿Ambos?

—Sí, sí. Ambos. ¿Por qué no concluir que ambos asesinatos fueron obras de un imitador, que quería desviar nuestra atención hacia la investigación del Tramoyista?

«Maldición, eso tiene sentido». Lagos mascullaba la reciente hipótesis arrojada por su jefe. Tenía sentido, pero eso no invalidaba su hipótesis, sólo bajaba la probabilidad de ambas posibilidades. Por partes iguales. Cincuenta–Cincuenta.

—De todas formas —prosiguió Bermeo— todo depende del resultado de las pruebas de ADN.

—De acuerdo —murmuró casi inaudible Lagos. Casi para sí.

El capitán, viendo la caída en la moral del teniente, desescaló su postura y finalizó.

—Mira, Lagos. Sé que esto es muy importante para ti y para este departamento. Carajo, para mí también lo es. Pero no quiero correr riesgos innecesarios. Si nos equivocamos, no será solo una reprimenda, será el fin para ambos, para todos —decía esto Bermeo mientras mocionaba su barbilla hacia fuera de su oficina trazando una línea imaginaria hacia Orduz que recién entraba a las oficinas.

Lagos se giró en la silla y vio a su compañera. Bajó los ojos y frunció la boca.

—Lo entiendo.

—Lagos, tú y yo, tal vez no nos quede mucho tiempo más en la fuerza, pero ella tiene toda una carrera por delante. ¿Estás seguro de querer arriesgar su futuro?

Lagos suspiró pesadamente, se puso de pie, tomó su chaqueta y los folios y se despidió del capitán.

—Consígueme algo más sólido, Lagos, y volveremos a hablar.

Lagos cerró la puerta y se dirigió a su oficina donde lo esperaba Orduz.

—¿Qué sucedió ahí adentro, jefe?

—Nada, sólo un pésimo momento por la muerte del tal Picketty y todo eso.

—¿«Y todo eso»? ¿De qué diablos hablas, jefe?

Lagos ignoró la protesta de Orduz y continuó.

—Además, quiere pruebas concretas. ¿Cómo te fue con lo del ADN? —preguntó Lagos con tono cansino.

—Nada bueno. Bueno, no a corto plazo. Efectivamente Castillo guardó unas muestras biológicas, pero estas deben contrastarse con un familiar, al cual debemos localizar y luego convencer de que se haga una prueba de contraste. Una vez con ello, los resultados pueden tardar hasta tres meses.

—No tenemos un maldito descanso, ¿eh, compañera?

—No, parece que no.

Lagos resopló pesadamente dejando escapar una bocanada de aire, liberando la tensión. Miró su reloj y terminó.

—Vamos a comer algo, se ha hecho tarde.

ORDUZ

Lagos había pasado el resto de la tarde compartiendo las apreciaciones del capitán Román Bermeo con la sargento. Si bien ambas teorías, la del teniente como la del capitán tenían sentido, ambas tenían debilidades y fortalezas inherentes. Por supuesto, el planteamiento de Lorenzo dependía exclusivamente de que el ADN del cuerpo achicharrado, encontrado en el complejo de edificios abandonados, correspondiera con el ADN del profesor desvanecido, Orlando Matheus; y eso convertía su hipótesis en un gran «depende».

Vivian escuchaba con atención los argumentos de su jefe, mientras suavemente rascaba su nariz de un lado al otro, tratando de restringir un poco sus fosas nasales.

—Carajo, jefe. Apestas a cigarrillo. ¿No qué el código prohíbe fumar en lugares confinados?

Lagos levantó su corbata, tomó el extremo más ancho, lo acercó a su nariz para olerlo y resopló en desagrado. Se levantó de su silla, esta vez con cuidado pues su zona lumbar aún le estaba molestando, y fue al armario de su oficina en la esquina. Sacó las llaves de su bolsillo, las cuales tintinearon como sonajero de bebé, como cascabel navideño, y buscó la llave del mueble, lo abrió y sacó su maletín deportivo. Lo tiró en el escritorio de manera pesada y sacó de su interior un espray con el logo de un pequeño barco. Se aplicó varias vaporizaciones y lo volvió a guardar. Vivian observó al teniente y sonrió.

—¿Qué? —preguntó con inquietud Lagos.

—Esa loción. Era la que usaba mi papá. Creo que mi abuelo también.

Lagos blanqueó los ojos y los giró de un lado a otro en señal de incomodidad. Vivian continuó sonriendo.

—No es por mal. Me parece tierno. Me trae recuerdos. —Orduz bajó sus ojos, perdiendo la mirada entre los dedos de sus manos entrelazados en su regazo y continuó—. ¿Sabías que el olfato es el sentido que mejor activa los recuerdos en el cerebro?

—Sí, algo de eso leí en alguna oportunidad. —El viejo teniente se sentó de nuevo en el escritorio, sintiéndose un poco mal por su compañera. La miró en silenció unos segundos. Todo aquello probablemente le había activado los recuerdos de su casa. Suspiró y prosiguió dejando un poco el tema de lado.

—¿Tu mamá?

Vivian salió de su letargo, levantó la cabeza de golpe y cruzó sus ojos con su jefe.

—Bien, bien. Pues está igual. No ha empeorado. Una enfermera la está cuidando hoy. La trata bien, creo.

«La trata mejor de lo que yo lo haría». Volvió a bajar sus ojos, los clavó de nuevo en sus manos y empezó a juguetear con sus dedos pulgares. Se recostó en la silla e inspiró largamente.

—¿Sabes algo, jefe? Lo que el capitán dice tiene sentido, pero únicamente para los asesinatos de Héctor Rugeles y de Orlando Matheus; no hace *match* con la muerte de Margarita Rendón.

Lagos se recostó con los codos sobre la mesa y empezó a abrir la boca para interpelar a Vivian, pero ella inmediatamente levantó la mano para interrumpirlo.

—Sé que me vas a decir que esa foto es fácilmente descartable, pues el mismo ejercito confirmó que había sido una baja causada por las fuerzas paramilitares de la zona, dado el mensaje que grabaron en su muslo con un objeto cortopunzante. «GUERRILLERA».

Vivian se recostó de nuevo en la silla y miró al techo girando sus ojos de un lado al otro, recabando en sus ideas.

—¿Por qué tomarse la molestia de colgarla de esa manera? ¿Por qué arriesgarse a hacer tal despliegue «artístico»? La zona estaba plagada de ejército y guerrilla. ¿Para qué tomar semejante riesgo?

Lagos apretó sus ojos y pasó la mano por su rostro.

—Un demente. Sólo alguien salido de sí haría eso.

—Un psicópata, ¿tal vez?

Lagos levantó la mirada y bloqueó sus ojos con Vivian. Ella levantó una de sus cejas y sentenció.

—Un psicópata. Un tipo rico con conocimiento de arte poco común y que usa gasolina *premium* en su vehículo. Me pregunto —dijo Orduz con claro sarcasmo, tomándose la barbilla—, ¿habría alguien, con esa descripción, en la zona por esos días?

El teniente se echó para atrás en su silla y levantó sus manos en negación.

—¡Wow, wow, wow! Para. Detente justo ahí, compañera. Una cosa es que planteemos la posibilidad que el Tramoyista pueda estar en el círculo de Jhonatan Terranova; pero otra muy distinta es sugerir que el Tramoyista es Jhonatan Terranova.

Lagos se levantó de la silla, se dirigió a la puerta de la oficina, la abrió y miró alrededor para cerciorarse de que no hubiera alguien cerca. La cerró con llave y bajó las persianas.

—Carajo, Orduz. Y yo pensé que era el demente. —El teniente se sentó de nuevo en la silla, exhaló con fuerza. «Ahora soy yo el que necesita un cigarrillo».

—Voy a sacarte del caso, Vivian.

—¡¿Qué?! ¿De qué carajos hablas, Lorenzo?

—Compañera. —Lagos comenzó a hablar en voz baja y se acercó a Orduz por encima del escritorio para evitar ser escuchados—. Este caso es un caso entierra carreras. Tú tienes toda una carrera por delante y no pienso arrastrarte conmigo en esto.

Vivian lanzó una corta sonrisa sarcástica y respondió con evidente molestia.

—¿Eres tú el que habla o es el capitán Bermeo? —E inmediatamente alejó la mirada de su jefe y la clavó en una pared del cuarto.

—Vivian —empezó Lagos con tono conciliador—, sabes que tengo razón. Este caso puede interferir en tu carrera y decir lo que acabas de decir puede darla por terminado, así que olvídalo.

Vivian se levantó de la silla queriendo darle un puñetazo a su jefe, sintiéndose traicionada. Durante estos meses trabajando juntos, sólo ella había apoyado a su jefe de manera irrestricta e incondicional, mientras el resto del departamento se burlaba o meneaba la cabeza en decepción. Empezó a caminar de un lado al otro de la oficina pensando en qué decir. Lorenzo la seguía con la mirada.

—Tú eres el jefe. Tienes la potestad de hacer lo que quieras. Sin embargo, piensa en esto. Margarita Rendón murió de forma violenta y sabemos, por las pesquisas posteriores, que ella estaba relacionada con alias «el Chato» Cabal, que fue dado de baja durante el operativo de extracción.

—¿«El Chato» Cabal? —preguntó Lagos, sin referencia del nombre.

—En uno de los archivos que envió el capitán Morales se hablaba de él. Decía que en la zona era conocido, que Margarita Rendón y él eran pareja; y ambos estaban en la APR desde hacía varios años.

Lagos se apoyó en la mesa, meditando, con los ojos fijos en el vacío de manera reflexiva sobre lo que acababa de decir Orduz. La sargento continuó.

—De igual manera, sabemos que Carolina Rendón llegó a la zona un día antes y es probable que haya llegado a buscar a su hermana enviada por Héctor Rugeles. ¿No te parece demasiada coincidencia que ambos estuvieran intentando matar a Terranova ese mismo día? ¿Y que ambos, tanto Carolina, como el Chato, tuvieran una relación cercana con Margarita Rendón? Que, casualmente, apareció trepanada después de haber sido confirmado, por el mismo Terranova, que pertenecía al grupo que lo custodiaba. Son demasiadas coincidencias. ¿No te parece, compañero?

Vivian terminó de exponer sus ideas, movió sus manos en desazón y finalizó.

—Pero como te decía, Lagos. Tú sabrás qué hacer con esta información.

Tres toques suaves en la puerta rompieron el silencio entre ambos.

—¡Adelante! —vociferó Lagos.

Se oyó como la persona intentaba abrir la puerta girando el pomo de un lado al otro. Orduz blanqueó los ojos en impaciencia. Se dirigió a la puerta y quitó el seguro. Un joven oficial en sus veintipocos años asomó la cabeza por la puerta entreabierta. Su clara muestra de pena por interrumpir reflejaba su carácter tímido; típico de los novatos recién desempacados. Como a todos los recién llegados, al oficial sólo se le asignaban tareas administrativas en la oficina; y en esta semana se encontraba atendiendo las llamadas de los superiores.

—Teniente Lagos, señor. Estuve tratando de pasarle una llamada, pero no atendió, así que decidí venir.

Lagos miró su teléfono, lo levantó con impaciencia y verificó que tuviera tono. Lo tiró en el soporte y respondió al oficial sin tomarse la molestia en mirarlo.

—Estábamos ocupados, ¿quién era?

—No, no dieron nombre. Era un anónimo sobre el Tramoyista con una dirección.

Lagos bufó con cansancio y frustración, meneando la cabeza.

—Otro anónimo más. No me digas, ahora resulta que el Tramoyista va a ser un extraterrestre que tiene sus huevos en un cubil oculto.

El joven oficial abrió su boca sin saber que decir e intercambió miradas entre Lagos, que permanecía sin mirarlo, y Orduz que entendió la desazón del muchacho.

—No te preocupes, chico. Estamos teniendo un mal día. Dame eso, yo lo reviso.

El joven asintió, le entregó el papel de color amarillo a Vivian y se retiró cerrando con suavidad la puerta.

—No te preocupes, Lagos; yo me encargo de esto, así sea mi última acción en este caso.

Lagos asintió en silencio. Decidió no decir nada, pues no tenía nada que decir. Vivian esperó unos momentos incómodos por alguna palabra de su compañero. Al ver que nada se iba a decir, se despidió. Se dirigió a su puesto y tiró sus cosas sobre la mesa. Metió la mano en su bolsillo y sintió el papelito arrugado con la información del anónimo. «Maldito anónimo». Lo leyó y alertaba sobre una posible víctima y una ubicación. La sencillez del mensaje llamó la atención de Orduz. Podría tratarse de algún niño tratando de jugarle una broma a un compañero, pero la dirección era poco común, era en las montañas en un área aislada de la ciudad. Encendió su computador, ingresó sus claves de acceso y accedió a internet. En uno de los buscadores, en la opción de GPS ingresó la dirección. La pantalla parpadeó un par de veces y luego desplegó un mapa. El área se trataba de una zona de reserva forestal. Le extrañó hallar una construcción en esa área. Desplazó el cursor hacia la opción de capas y eligió la vista satelital. La pantalla parpadeó de nuevo, para luego dejar ver una foto satelital. Orduz no era arquitecta, pero claramente se trataba de una casa enorme, una mansión. Se reclinó en la silla, meditó unos instantes y tomó su extensión y digitó rápidamente un número. Se escucharon varios timbres y al cuarto se oyó un clic.

—Delitos de impuestos, buen día, habla Roger.

—Hola, Roger. Habla la sargento Vivian Orduz de Homicidios, ¿cómo estás?

—Muy bien, sargento, ¿qué puedo hacer por usted hoy?

—Oye, no sé si esto es con ustedes, pero necesito la información de registro de un inmueble. ¿Puedes ayudarme o sabes quién podría?

—Por supuesto. ¿Tienes el número de matrícula inmobiliaria?

—¿Eh? No, solo una dirección.

—*Okey*. ¿Me la dictas, por favor?

Vivian aplanchó el papelito arrugado en su mano y le informó los datos de domicilio.

—Mira, si hubieras tenido la matrícula, hubiera podido darte el registro de una vez, pero esto me tomará unos minutos. ¿Me das, por favor, tu correo electrónico encriptado?

—Lo envío a tu correo. Vivian envió la información al correo del oficial de delitos contra impuestos, recordándole en el texto del correo la dirección. Esperó un par de minutos balanceándose en la silla de su escritorio, hasta que una campanilla notificó la llegada de un *mail*. Era de Roger. Abrió el archivo adjunto en su celular, navegó a través de la barra de desplazamiento hasta llegar a la última entrada donde usualmente se mostraban los propietarios actuales.

—¡¿Hijo de puta?! —En la línea se leía:

«PROPIETARIO: TERRANOVA ENTERPRISES INC.»

MAX

La noche empezó a encapotar la capital. Los últimos estertores del día se perdían a lo lejos en el horizonte de aquella ciudad enmascarada por una densa bruma tóxica causada por la polución. La temperatura de aquella montaña empezó a descender de manera precipitada de unos cálidos veinte grados a unos vigorizantes diez grados centígrados. De a poco, unos finos hilos de vaho se desprendían de las fosas nasales de Max con cada una de sus exhalaciones. Resopló sus manos enguantadas para alejar el frío y ajustó la kufiya que tenía envuelta en su cuello para que le proporcionara más calor. Recordó que aquella prenda típica de tierras árabes la había adquirido hacía ya varios años durante un curso de especialización en supervivencia que había realizado como miembro de la armada, en la región de Sinaí en Egipto. Un escozor de tristeza recorrió su espalda y aprisionó su pecho. Inspiró y exhaló lentamente para liberar la tensión del recuerdo del sargento Gutiérrez, con quien hizo aquel viaje para fuerzas especiales.

Gutiérrez había muerto en el operativo de rescate de Jhonatan Terranova. Malherido, con las costillas expuestas, desgarradas por una granada de RPG, decidió quedarse atrás para ayudarle a Max a ganar tiempo y colaborar en el rescate. En este proceso, durante el combate, logró asesinar a varios «tangos», terroristas, entre ellos al gatillero de poca monta, el Chato Cabal. Paradójicamente, el guerrillero sólo quería vengar la muerte de su novia en manos del Tramoyista y poco le interesaban en ese momento los «ideales» de la APR. Si el sargento hubiera sabido lo que estaba sucediendo, le hubiera ayudado a matar a Terranova. «Maldito bastardo».

Un par de horas más sentado en la oscuridad le hicieron mella en su cuerpo que empezaba a tiritar. No sabía con seguridad si se trataba de frío o era de nuevo el síndrome de abstinencia. Habían pasado más de diez horas desde que tomó la última dosis en el baño de aquel centro comercial, pero había decidido aguardar el mayor tiempo posible antes de tomar la siguiente inyección de metadona. Debía estar lo más despejado y tranquilo posible antes de ir hasta la casa. Prendió una linterna de luz roja y la apoyó en el tronco donde estaba recostado, sacó de su maletín el vial del medicamento junto con la jeringa y se inyectó de nuevo. Sintió como lentamente la ansiedad y los síntomas disminuían. Empezó a respirar de manera consciente, muy lentamente, para ayudar a la metadona a surtir efecto. Una vez empezó a sentirse mejor, miró su reloj y decidió que era hora de partir. Ajustó su equipo y empezó a caminar en dirección a la mansión.

Los árboles de aquella zona eran mayoritariamente pinos y eucaliptos y el aire se inundaba de olores relajantes e intoxicantes de las piñas y las hojarascas esparcidas por el piso; no obstante, la caminata se hacía insegura, pues aquellas ramas secas crujían con cada paso que daba el mayor. Su entrenamiento le permitía mitigar en gran medida desplazarse con suavidad por aquel terreno, sin embargo, era imposible no emitir ningún ruido.

Después de más de una hora de lenta caminata, divisó a un par de cientos de metros reflejos de luces que iluminaban las copas de los árboles. La luz artificial permitía que la sombra de los coníferos se proyectase fantasmagórica por todo el bosque, haciendo, paradójicamente, que las partes más alejadas de ella se notaran aún más negras, más oscuras, más imponentes. Esa penumbra extra fue aprovechada por Max para empezar a moverse alrededor del *cottage* y empezar a analizar los puntos fuertes y débiles. Para cualquiera, era una tarea difícil evadir los reflectores, pero no para Max. No en esta noche.

En el frente de la casa, al lado de la zona de acceso, se encontraban las camionetas de la caravana en las cuales había visto en la tarde a

Lina Russo. Junto a ellas, un séquito de camionetas, aún más robustas y claramente blindadas, se encontraban estacionadas. No podía estar seguro de que Jhonatan Terranova estuviera allí, pero era de esperar que esa posibilidad era alta dado el número de camionetas y escoltas. Sólo había cubierto medio perímetro del predio, y ya contaba media docena de guardias; una cantidad similar estaría al otro lado de la casa. «¡Malita sea! Hubiera traído la M4A1».

Agachó la cabeza, la clavó sobre el pecho y sostuvo su barbilla en el puño derecho y sonrió. Recordó las palabras de su papá en la casa de descanso. «John Wick. Jason Bourne». Levantó su cabeza y empezó a analizar la zona que, a su criterio, era la más vulnerable. El área de la terraza estaba en la esquina más retirada del ingreso de la casa y bordeaba con la parte más boscosa. La terraza terminaba en un pequeño desfiladero de unos cinco metros que continuaba hasta el fondo donde se podía escuchar chisporrotear una quebrada. Los reflectores más potentes estaban ubicados allí, pero el bosque era demasiado espeso, así que avanzar entre las sombras no iba a ser mayor inconveniente. Las cámaras del circuito cerrado de televisión estaban instaladas en cada una de las esquinas del desfiladero, lo que hacía imposible escalar por ahí, máxime cuando los tres escoltas estaban ubicados en el bordillo mientras conversaban animadamente fumando y tomando lo que parecía café. Para Max hubiera sido muy fácil matarlos, pero había decidido dejar esa opción como última alternativa. Lo que fuera que hiciese, debía ser muy rápido, extremadamente rápido. Ya uno de los escoltas había ido al baño, el cual se ubicaba en la parte trasera de la terraza, a un lado del *deck*, en donde la cámara de vigilancia cubría el pasillo de acceso, pero no la entrada. Ese espacio era aproximadamente de unos cinco metros, el espacio suficiente que necesitaba el mayor para reducir a la persona que entrara al baño, tomar la tarjeta de acceso e ingresar a la casa por una de las puertas traseras. La más cercana era la de la cocina, la cual, a esa hora, claramente no tenía servicio. Con el tiempo que llevaba ahí observando, estaba seguro de que nadie iba ya a ingresar a la planta baja; todas las luces permanecieron apagadas en ese lapso y sólo estaban encendidas las del tercer piso. Sombras que caminaban de un lado al otro se reflejaban en las persianas. Dos. Jhonatan Terranova y Lina Russo.

Max se arrastró suavemente por entre el follaje, serpenteando y reptando como lo había hecho miles de veces en entrenamientos y en combate. Protegido por las sombras se ubicó en la base del muro cuya sombra triangular era proyectada con mayor penumbra por el reflector más cercano. Quitó los seguros de sus pistolas y se aseguró de que ambas tuvieran munición en sus recámaras. Las guardó y quitó el seguro de su bastón retráctil. Sólo era cuestión de esperar que la cafeína, su efecto diurético, junto con el frío de ese páramo, hicieran su trabajo.

ORDUZ

La sargento, al ver la última entrada del certificado, se levanta de un golpe de su escritorio, casi arroja la silla al suelo, pero la toma justo a tiempo para arrancar su chaqueta de esta. Bloquea el usuario y apaga la pantalla. Toma el pequeño trozo de papel con la dirección y sale casi a trompicones por entre los escritorios intentando no derribar alguna columna de folios mal ubicada. Lagos, desde su oficina, ve cómo Vivian abandona su cubículo y se dirige a los elevadores de manera presurosa, agitada; obviamente molesta. Sintiéndose mal, pensó en seguirla para calmarla. Desde el *hall* de ingreso a los elevadores, Orduz gira y mira a su compañero sentado en el escritorio apoyando su rostro sobre sus manos entrelazadas. Cruzan miradas, pero ninguno decide actuar primero.

Los ascensores están tomando una eternidad, eternidad que la sargento no estaba dispuesta a permitirse, no en estos momentos. Debe salir de ahí y debe salir de ahí muy rápido. Dan unos pasos a medio trote y sale por la puerta de evacuación. Baja apresurada por las escaleras saltando de dos y tres escalones a la vez. Se dirige al sótano del viejo edificio en donde se encontraban las duchas y los casilleros. Mientras baja, desengancha su carnet del cinturón para tenerlo listo tan pronto llegue a la puerta de ingreso, no quería perder un solo segundo. Buscó por entre sus bolsillos las llaves de su carro, el cual estaba parqueado en el sótano del edificio, contiguo a la salida de los baños para oficiales. Al no encontrarlas, espetó un par de improperios y rogó para que los hubiera dejado en su casillero y no en su escritorio. Varias veces casi se estrella con personas que también usaban las escaleras, pero claramente sin su afán. Un improperio más y otro insulto por allá hasta que finalmente llegó al sótano, pasó la tarjeta por el dispositivo magnético y este pitó dándole ingreso.

Al entrar, un espeso olor a sudor rancio, mezclado con químicos detergentes y el vapor de agua de las duchas, inundaron sus fosas nasales. Unos oficiales se cruzaron en su camino, la saludaron efusivamente, pero ella sólo respondió con un leve movimiento de cabeza. Los modales y buenas maneras no eran de su preocupación ahora. Al entrar al vestidor de las mujeres, Orduz se dirigió a su *locker* y con brusquedad abrió el candado de la puerta, casi mandándolo a volar por los aires. Trató de calmarse tomando grandes bocanadas de aire. Miró a su alrededor para asegurarse de que estaba sola. Sacó una cajilla de seguridad desde el fondo, en la parte superior del armario y la puso en la repisa más a su alcance. Ingresó la clave y levantó la tapa. Miró a su alrededor de nuevo. Tomó su cinturón y lo giro al frente. De la caja metálica, tomó dos proveedores llenos y los encajó en los espacios vacíos de su cincha. Sacó su arma de dotación, una CZ 75 SP-01 Shadow, la envidia de muchos de sus compañeros. Eyectó el proveedor y verificó que los dieciocho espacios de su total capacidad estuvieran ocupados y lo volvió a introducir en el arma. Le puso el seguro y la guardó. Con nerviosismo, verificó de nuevo que estuviera sola. Tomó del casillero el chaleco antibalas, se quitó la camisa y se lo puso, apretando con fuerza el velcro. Tomó una chaqueta y se la abotonó hasta arriba para que nadie notara el bulto, se puso el *hoodie* y tomó las llaves del carro. «Gracias a Dios las dejé aquí». Tiró la puerta del casillero, cerró el candado y salió con tanta prisa como había llegado. Se dirigió a la salida que daba contra los parqueaderos y caminó con largo tranco hacia su espacio. Mientras trotaba, meditaba en que todo lo que estaba haciendo y a punto por hacer estuviera dentro del marco de la ley. Después de todo, sólo estaba siguiendo la pista de un anónimo, para ello no necesitaba una orden judicial ni una causa razonable. Sólo debía ir al sitio, echar una mirada y, si nada pasaba, que era lo más probable, se regresaba sin ningún daño hecho. Estaba sumergida en sus pensamientos cuando levantó la mirada, ya estando cerca de su puesto. «Carajo, Lagos». El teniente estaba esperándola recostado en la puerta del conductor.

—Compañero —se dirigió con hosquedad Orduz, nada típico en ella para dirigirse a Lagos.

—Hola, Vivian —saludó sin muchas ganas Lorenzo, con una notable apariencia de estar apenado por cómo había terminado su conversación en la oficina.

—Escucha, realmente siento que las cosas vayan así, pero con toda sinceridad, y no me pongo del lado del capitán, es mejor para ti, si das un paso al costado en este caso. Yo ya estaba acostumbrado a trabajarlo solo. Agradezco…

Vivian levantó su mano interrumpiendo de golpe a su jefe; con los ojos a punto de explotar de sus cuencas y los colores enrojeciendo sus mejillas en cólera absoluta, le contestó.

—Mira, Lagos; no sé si te has dado cuenta, pero ni estamos en el siglo dieciocho, ni soy una damisela en apuros que necesite ser rescatada por un par de viejos.

Y dando un paso hacia adelante, poniéndose casi barbilla con barbilla con su compañero, continuó.

—He visto más porquería y muerte que tú, tu capitán, y tal vez que todo el puto departamento junto. No necesito que nadie me venga a decir qué tengo o no tengo que hacer. ¿Me entiendes?

Lorenzo levantó las manos y retrocedió un paso tratando de calmar las aguas. Dejó escapar una leve sonrisa amistosa por entre una de las comisuras de sus labios.

—Jamás te tomaría como una damisela en apuros, Vivian. Y ese no es el punto.

—¡Bien! —ladró Orduz mostrando los dientes.

—Bien —respondió el teniente, mientras retrocedía otro paso sin dejar de mantener sus manos en alto. Por alguna razón no consideró prudente bajar la guardia. Sentía que el sargento le iba a soltar en cualquier momento un puñetazo que, seguramente, lo dejaría en el piso lamentando haber ido al estacionamiento.

Vivían vio en la postura de su compañero su intención, lo que encontró cómico, pero tierno. Bufó una risa forzada.

—No te voy a golpear, Lagos. Aunque te lo mereces.

Lorenzo exhaló suavemente y notó hasta ese momento que había estado conteniendo el aliento.

—Bien. ¿Estamos bien?

—No, pero estoy trabajando en ello —le sonrió meneando la cabeza.

Sacó las llaves del carro de su chaqueta, oprimió el botón para desbloquear el seguro y tiró la manilla para abrir la puerta.

—Nos vemos mañana, compañero. Mañana todo estará bien. Debo ir a casa. A la enfermera que atiende a mi mamá se le presentó un inconveniente y debe irse temprano esta noche. Debo cubrirla.

Se giró para subirse al carro y sentarse de espaldas en el asiento del conductor, lo que llamó la atención del teniente de inmediato. No era la manera natural de subirse a un vehículo. Era una manera autómata para subirse a un carro. Lagos se inclinó rápidamente y lanzó su mano al costado de Orduz, lo que la tomó por sorpresa haciéndola reaccionar instintivamente. Tomó la mano del teniente por el pulgar, la giró aplicando una llave de sumisión haciéndolo terminar de rodillas en el asfalto. De inmediato, percatándose de lo que acababa de pasar, lo soltó con ojos suplicantes.

—Lo siento. Un reflejo por los gajes del oficio, compañero. ¿Estás bien?

Lagos, con el ego más aporreado que su muñeca a punto de inflamarse, se paró lo más rápido que sus rodillas y su lumbalgia se lo permitían.

—No me digas, «gajes del oficio» mis pelotas.

Ya completamente erguido, sobándose su muñeca y rotándola para asegurarse de que no estuviera rota, continuó.

—¿Desde cuando vas donde tu mamá con chaleco antibalas?

—Lagos… —Intentó protestar Orduz, tratando de huir de la conversación mientras fruncia los labios y apretaba sus ojos.

—No, no me vengas con la porquería de que puedes someterme —le mostró la muñeca que le había doblado— porque eso quedó suficientemente claro. Así que, ¿qué coño está pasando, sargento?

Lagos se cruzó de brazos sin intención de moverse, impidiendo que Vivian pudiera cerrar la puerta. Un par de segundos de silencio incómodos, Orduz espetó.

—El puto anónimo, ¿*okey*? Es el puto anónimo.

Tomó el papelito donde el oficial le había escrito la dirección y se la entregó a Lagos, casi arrojándosela al rostro.

—Adivina quién aparece como dueño de la propiedad.

Lagos miró el pósit y luego a su compañera. De nuevo al pósit, tratando de orientarse en la ciudad con aquella dirección, que claramente no era una dirección cualquiera, era una dirección muy particular.

—¡No! No me jodas, Vivian.

—Sí, sí te jodo, jefe. Y una de dos cosas va a pasar a continuación. O me largo de aquí sola o vienes conmigo; porque no hay forma de que yo no vaya a ese sitio.

Lagos miró de nuevo el papelito, mordió sus labios, miró su reloj y luego a la sargento.

—Voy por mi chaleco.

—Y más balas.

MAX

El mayor de la armada estaba acostumbrado al trabajo duro de su oficio. Soportar las malas condiciones, a tolerar el terreno, sobrellevar el clima, resistir la lluvia, la humedad y los mosquitos. Ignorar todo lo irrelevante para su objetivo. Ignorarlo todo, solo enfocarse en su objetivo. Max sabía lo que debía hacer; sabía exactamente lo que debía hacer. Reducir a cualquiera que entrara en ese baño, cortar sus comunicaciones y tomar su radio. Tomar la tarjeta de acceso e ingresar a la casa. Subir al tercer piso donde sabía iba a encontrar a Jhonatan Terranova junto a su esposa; meterle un balazo y salir corriendo como alma que lleva el viento. Todo esto no podía, no debía tomarle más de tres minutos, a lo sumo. Porque en el momento que matara al ingeniero, todos sus escoltas se le iban a echar encima y claramente no iba a poder con todos ellos. Debía salir por la parte trasera de la casa, por la terraza que colindaba con el desfiladero. No iba a ser fácil, pues se trataba de un salto de unos cinco o siete metros sobre un terreno inclinado que podría romperle los tobillos. Confiaba en su entrenamiento de paracaidismo militar, ya que, en este, es fundamental saber cómo aterrizar, pues, a diferencia del paracaidismo deportivo, el paracaidista lleva peso extra por el equipo y sus piernas deben aprender a absorber el impacto. Una vez fuera de la casa, debía correr por entre la arbolada, probablemente evadiendo los disparos de los escoltas, hasta salir del alcance de los reflectores. Confiaba en que ninguno de ellos se arriesgara a seguirlo, pero eso sería solo cuestión de suerte.

Pasaron varios minutos, más de media hora, lo que parecía mucho más de ello. Max oyó unas risas disimuladas, mientras una de las voces se alejaba del grupo. Escuchó atentamente cómo se acercaban los pasos por el pasillo, pasaban sobre él y seguían de largo. Escuchó cómo el brazo neumático de la puerta se abrió para dar acceso al *hall* del baño social. El mayor se apretó contra la pared, dobló sus rodillas y con un salto se colgó en la cornisa. Con un impulso de dominada puso su barbilla en el borde y con un segundo empuje, sus palmas subieron su tronco por el muro. Apoyó uno de sus pies en el borde y observó que no viniera nadie o que hubiera sido escuchado. Con la pierna flexionada y ambas manos se impulsó hasta quedar de pie en el borde de la pared, se acurrucó y caminó en cuclillas hasta la puerta de acceso; la abrió evitando hacer ruido. Cuando ingresó en el baño, vio al guardia justo en frente de él, dándole la espalda en uno de los orinales laterales. «Mejor, imposible». Se acercó con precaución. El piso era un mármol perfectamente pulido que delataba cada paso con un chirrido estridente, pero las botas del mayor, adecuadas para esas situaciones, le permitieron avanzar sin ser notado. Cuando estaba a escasos tres metros, se incorporó, se lanzó por el cuello, le arrebató de un golpe el intercomunicador y le aplicó una llave paralizante en el cuello. El escolta trató de manera infructuosa zafarse del agarre con golpes de sus piernas y brazos, pero era tarde, el mayor ya lo tenía completamente dominado. En la medida que el guardaespaldas trataba de tomar a Max, este sólo debía dar un paso atrás para que el hombre se fuera desvaneciendo en el torniquete, mientras Max se iba arrodillando, arrastrando con su peso al hombre hasta el suelo. En cuestión de segundos lo dejó dormido en el suelo.

Max arrastró al hombre hasta uno de los cubículos, tomó unos cinchos, ató al hombre de manos y pies en el sanitario y lo amordazó. En ese instante escuchó cómo la puerta se abría de nuevo. «¡Maldita sea!».

Se levantó de golpe, sólo para quedar de frente al segundo escolta que, con ojos desorbitados, no daba crédito a lo que estaba viendo. El hombre se llevó la mano del intercomunicador a la boca, lo que hizo reaccionar a Max. Tomó su bastón de hierro, lo desplegó y con toda fuerza lo descargó en el antebrazo y el hombro del escolta. Un fuerte crujido por cada uno de los tres huesos impactados, y fracturados, reverberaron en las impolutas paredes de aquel baño. El brazo, claramente roto, se torció de manera extraña hacia abajo y hacia el codo dejando ver por entre la piel los pedazos dentados del radio y el cúbito. No obstante, la fractura más dolorosa fue la de la clavícula, la cual quedó clavada en el pecho del escolta en una dolorosa forma en v. Antes de que el hombre pudiera aullar de dolor, el mayor se abalanzó sobre él, dándole un golpe seco en la tráquea con la palma de la mano abierta. El escolta, claramente sofocado, intentó respirar dando grandes bocanadas, pero la situación ya había terminado. Max se ubicó de tras del hombre y, con un fuerte golpe de su codo en la base del cráneo, lo dejó inconsciente. No sabía si había hecho ruido o no, pero sacó su Glock, apagó las luces y se arrodilló contra la pared junto a la entrada. Si alguien entraba, seguramente se iban a poner feas las cosas. Varios segundos pasaron, casi dos minutos, más de lo que él había presupuestado. «Demasiado tiempo. Demasiado puto tiempo». No podía esperar más. No podía amordazar a este hombre también. Decidió tomar los dos intercomunicadores y salir del baño.

Una vez fuera, pensó en ir directo a la zona de acceso a la cocina, pero meditó primero. Sólo quedaba un escolta y este iba a extrañar rápidamente a sus compañeros. Cerró los ojos, lanzó un par de improperios, se apretó contra la pared y caminó hasta la equina, se asomó y vio como el hombre tomaba café y fumaba de manera desprevenida. Max apretó los ojos, lanzó un par de improperios mentales y justo en el momento que se iba a lanzar en contra del hombre, recordó las cámaras. Si alguien estaba viendo, ahí iba a terminar todo. Decidió regresarse apresurando el paso. De un salto subió por la pared del *hall* de baños que era contigua a la cocina, sacó una de las tarjetas de acceso de los escoltas y entró a la casa. Tomó uno de los intercomunicadores y se lo puso en el oído. Era indispensable que escuchara todo lo que pasaba con el equipo de escoltas. Replegó el bastón de hierro, lo guardó en su chaleco y sacó una de sus pistolas. Nuevamente revisó que tuviera un tiro en la recámara, pero en esta oportunidad le quitó el seguro a la Glock. Sacó de su chaleco el supresor y lo atornilló al cañón. Aunque la Sig Sauer era una muy buena pistola, no tenía silenciador para esta. De otro bolsillo tomó una bolsa Ziploc, metió la mano donde tenía la pistola en ella y la ajustó con una abrazadera, de las mismas que había usado con el primer escolta. Sabía que no debía dejar ningún rastro y, si disparaba, los casquillos usados podían ser rastreados. No podía, no debía dejar nada al azar. Ningún rastro. Ningún cabo suelto.

La casa en el primer piso estaba totalmente a oscuras. Se agazapó en la isla de la cocina. Buscó a su alrededor si había cámaras, pero no vio ninguna. Recordó lo que Jhon en la selva le había dicho, cuando aún confiaba en él, cuando aún creía que él era la víctima. Jhonatan le había dicho que le gustaba su privacidad y por eso no le gustaba tener muchos escoltas, lo que, en principio, se podía ampliar a cualquier sistema de seguridad. Jhonatan Terranova era el Tramoyista, era el Guahahioque, no iba a querer un montón de cámaras monitoreando cada uno de sus movimientos. Un poco más tranquilo, y monitoreando el tiempo, decidió correr a las escaleras. Subió pegado a las paredes de la escalinata. Las luces estaban apagadas, no parecía que hubiera alguien, pero no iba a correr ningún riesgo de nuevo. Ya podía escuchar las voces provenientes del tercer piso. De un hombre y de una mujer. Jhonatan y Lina. Por un instante se distrajo al intentar entender de lo que hablaban. En ese momento, un leve sonido, un toc y un tac que sólo podían ser producidas por unos zapatos al aproximarse rápidamente le hicieron quitarse de golpe, mientras veía que la cacha de un arma le rozaba la punta de la nariz. «Nunca me he roto el tabique». Max se dejó rodar un par de escalones hasta quedar en el descanso de la escalera.

—Te tengo, maldito hijo de puta —le dijo Álvaro, el jefe de escoltas, que esperaba oculto en las sombras del segundo piso.

Álvaro intentó llevarse la mano del intercomunicador a la boca, tal como el otro escolta lo había hecho en el baño, sólo que en esta oportunidad Max no tenía a la mano el bastón tambo retráctil de hierro, así que levantó su arma y le apuntó.

—No lo hagas. Por favor, no lo hagas. Esto no tiene nada que ver contigo. Sólo quiero a Terranova.

Álvaro sonrió, chasqueó la lengua y respondió cínico.

—¿A Terranova? O mejor querrás decir al Tramoyista.

Maximiliano miró al hombre con asombro. Sabía que podían encontrar escoltas que supieran sobre los asesinatos en serie de Jhonatan Terranova, que lo cubrieran y, de pronto, hasta lo ayudaran; lo que no esperaba era encontrar que esos hombres se sintieran orgullosos de ello, pero lo que estaba viendo en el rostro del jefe de escoltas era orgullo.

—¿Esperabas algo diferente? Te diré esto. Aquí, todos somos el Tramoyista, y tú, amigo mío, estás jodido.

Álvaro levantó su arma, pero Max claramente llevaba la ventaja. Dos disparos amortiguados iluminaron la penumbra. Ambos impactaron al escolta en el pecho, quien cayó inerte en la habitación contigua. Max no tenía más tiempo. Por más que el silenciador ahogara las detonaciones, con seguridad se iban a escuchar en el tercer piso, así que decidió subir corriendo sin mirar atrás. En la cabeza de Maximiliano no paraba de retumbar la canción de su amigo, del sargento Gutiérrez, *Ride of the Valkyries* y la suya propia, *So Long*. Todo estaba a punto de terminar, finalmente.

LAGOS

El teniente estaba peleando con su chaleco en medio de los bandazos de Orduz en el coche. Hacía un buen tiempo desde que lo había usado por última vez y no se acostumbraba aún a ajustarlo en el torso. Parecía que se había encogido, aunque sabía que el síntoma era al contrario.

—¿Qué pasa, jefe, se encogió el chaleco? —decía Vivian mientras conducía como si no hubiera mañana por las calles de la capital.

—Mejor fíjate cómo conduces; no quiero que nos detenga la policía de tránsito.

—Querrás decir: «no queremos».

El teniente blanqueó los ojos con impaciencia, rezongó y sentenció.

—Sólo conduce bien.

Finalmente, cuando Lagos logró ajustar su chaleco, empezó a ocuparse de su arma. Tomó una caja de munición junto con unos tambores de revólver y los empezó a cargar con las balas. El revólver Smith & Wesson calibre 38 especial corto era un clásico, típico para policías clásicos, clásicos como el teniente Lorenzo Lagos, pero definitivamente un inconveniente si la cuestión era de poder de fuego.

—¿Vos me estás jodiendo, Lagos?

—¡¿Qué?!

—¿Trajiste esa reliquia en lugar de una nueve milímetros?

—Los revólveres siempre, óyeme bien, siempre serán más confiables que una pistola.

La sargento blanqueó los ojos, al tiempo que evitaba chocar de nuevo. Rezongó y concluyó.

—Gracias a Dios traigo a mi amiga favorita —dijo, mientras palmeaba la cacha de su Shadow.

—¿Sabes cuántos tiros trae esta pistola en cada proveedor en comparación con ese tiesto viejo tuyo?

Ahora era el turno de Lagos de bufar y blanquear los ojos ante la fanfarronería de su compañera.

—¿Cuántos?

—¡Dieciocho! ¿Cuántos tienes tú ahí? ¿Seis, ocho?

—Ocho; y la seguridad de que nunca, nunca se va a encasquillar. Seguridad que no ofrece esa pistola tuya, niña.

Orduz miró a su jefe, nunca le había dicho «niña» antes, pero lejos de disgustarle, sólo le pareció curioso. Lagos continuó cargando tambores para el revólver, los cuales iba ajustando en su pistolera. Orduz lo seguía con el rabo del ojo, esperando que en cualquier momento la caja de munición saliera volando por los aires desperdigando balas por todo el carro. La sargento continuaba maniobrando entre las calles a gran velocidad, pasando semáforos entre amarillo y rojo, casi ninguno en verde.

—Vivian, nos van a terminar deteniendo. No tan rápido, de todas formas, no hay seguridad de que ese anónimo nos lleve a algo concreto.

—¿Qué pasa, jefe? ¿Lo estoy poniendo nervioso? ¿Prefiere que maneje como una linda viejecita? —rio de manera socarrona Orduz.

—No te preocupes, Lagos, que de las multas me apaño yo con los policías de tránsito.

Lagos se giró en la silla hacia ella, la miró de arriba abajo, sonrió y sentenció.

—Sí, ya lo creo que te puedes apañar con ello.

—¡Hey! —protestó Vivian de inmediato—. Eso no fue cortés, para nada cortés.

El teniente levantó las manos ofreciendo excusas, sonrió de medio lado y continuó.

—Bueno, de alguna forma debía sacarme el clavo —le dijo a su compañera mientras le mostraba la muñeca que le había torcido en el sótano del parqueadero.

—Ya te ofrecí excusas por eso —dijo la sargento, al tiempo que chasqueaba la lengua para restarle importancia al asunto.

El teniente sonrió de nuevo, meneó la mano dejando entender que estaba sólo bromeando y que aquello ya era agua bajo el puente. Se acomodó en la silla, tomó la manilla para sostenerse mejor ante la vertiginosa conducción de Orduz.

—Escucha, Orduz. Cuando lleguemos allá, debemos aproximarnos con precaución, sin demostrar ninguna ansiedad ni preocupación, así que debemos calmarnos antes, ¿me entiendes?

Vivian miró a su compañero, asintió y volvió su atención a la vía.

—No te preocupes, jefe; no voy a llegar a repartir tiros con quien se me atraviese.

Varios minutos después, los oficiales estaban empezando a salir de las zonas urbanas y cada vez se veían menos construcciones, a la par que se veían menos iluminadas las calles. Las calles rurales, con los colores de las pinturas de señalización vial prácticamente desvanecidos, hacían parecer que el vehículo se desplazaba en el lomo de un reptil serpenteante. Finalmente, la aplicación de ruteo indicó en la pantalla del celular que debían salir de la vía principal y tomar una alterna a la derecha, subiendo por la montaña. La pequeña trocha estaba cubierta por gravilla negra que arrojaba un sonido peculiar en la medida que las llantas del vehículo las iban aplastando. Era un sonido seco pero relajante, la sargento decidió bajar la velocidad considerablemente, siguiendo el consejo de su jefe. Adelante, entre las copas de los árboles, se divisaba la iluminación de una construcción que coronaba la colina. La carretera se inclinaba un poco más haciendo que la tracción de las llantas se perdiera por momentos en aquel piso suelto. La vía continuaba más adelante, pero la calle de acceso a la mansión se hallaba en una variante a la derecha. Los oficiales tomaron la pequeña ruta asfaltada, la que se extendía por unos cincuenta metros.

—Muy bien, compañera. Veamos qué tan fiable era esta pista.

—De seguro solo nos tomarán el pelo como un envío de *pizza* equivocado.

Se miraron y exhalaron al tiempo.

Vivian detuvo el auto, parqueándolo de costado a unos cuantos metros de la entrada, lo apagó y ambos descendieron al tiempo. Forzando una sonrisa y notando el frío intenso por primera vez, Lagos saludó con efusividad.

—Buenas noches, compañeros. ¿Cómo los trata esta noche en este páramo?

Los hombres se acercaron con precaución empuñando sus armas. Cada uno estaba dotado con una subametralladora MP5 que colgaba de su cuello. Con la agresividad y postura parca que suele acompañar a los hombres que alguna vez pertenecieron a las fuerzas armadas, unos de los hombres, el que se veía mayor, se acercó a la verja y contestó:

—Este es un predio privado. No pueden parquear aquí.

Al tiempo que señalaba con su mano libre el cartel de prohibido parquear que se exhibía en uno de los pilares de la entrada. Lagos levantó las manos para bajar la tensión del momento y con una de ellas le indicó al escolta que iba a abrir su chaqueta. Se desabotonó y abrió la solapa para dejar ver su placa, la cual estaba sujeta en el cinto, al lado de su revólver. El hombre bajó la mirada, frunció el entrecejo y se llevó el intercomunicador a la boca.

—Señor, tenemos una situación en la entrada. Solicitamos apoyo.

El eco del radio se escuchó sólo unos metros atrás, donde otros tres sujetos se agrupaban vigilando el ingreso a la casa. Uno de los hombres se incorporó y empezó a caminar hacia le reja. El guarda que permanecía inmóvil en la entrada miró a Orduz y luego a Lagos.

—Un momento, por favor. Ya viene el supervisor a cargo.

El teniente giró sobre sus talones y llevó las manos a la boca para calentarlas con su aliento. Una gruesa nube de vaho se escapó por entre sus dedos y sus mejillas. Miró a Orduz, le guiñó el ojo y asintió con un gesto tranquilizador.

—Buenas noches, señores. ¿Qué podemos hacer por ustedes esta noche? —saludó el supervisor, con una evidente mejor actitud y claramente con mejores modales.

—Buenas noches —respondió Lagos—. Soy el teniente de la policía Lorenzo Lagos y ella es mi compañera, la sargento Vivian Orduz.

Omitió por completo el hecho de que pertenecían al Departamento de Homicidios, por obvias razones. Orduz, unos metros atrás, levantó las cejas al tiempo que levantaba la mano para saludar en silencio.

—¿Les importa si me permiten ver sus documentos de identificación?

—No, para nada.

Los oficiales pasaron sus placas por entre las rejas y se las entregaron al supervisor. Este miró con recelo las fotos y las comparaba con cada uno de ellos. El teniente sonrió, e interrumpió la revisión.

—Es una foto muy vieja. Ya no queda mucho de ese sujeto.

El hombre sonrió.

—Lo siento, oficiales. Uno no puede permitirse ser descuidado en esta línea de trabajo. Siempre hay que extremar medidas de seguridad. Usted comprende.

Le devolvió los documentos a los policías al tiempo que le gesticulaba al guarda más joven que abriera la puerta.

—¿Qué podemos hacer por ustedes esta noche?

—Hubo un robo a unos kilómetros más abajo en la vía. Y nos informaron de que los delincuentes tomaron este camino por entre el bosque. Quisiéramos entrar para revisar que todo esté bien.

El supervisor levantó su mano y apretó los labios en decepción al tiempo que meneaba la cabeza.

—Lo siento, pero sin una orden no los puedo dejar ingresar.

Orduz se adelantó y rompió el silencio por primera vez.

—Vamos, compañero. ¿Qué tal algo de ayuda para un colega? ¿Eh?

JHON

Jhon había pasado el día revisando las noticias sobre la muerte de su socio Pablo Picketty y comparaba minuto a minuto cómo estas estaban impactando la valorización de su compañía en bolsas del mundo. La bolsa de Nueva York estaba cerrada a esta hora, pero las otras aún funcionaban. Lina hablaba con sus padres mientras secaba su cabello después de haber tomado una ducha. Quería saber cómo habían llegado los niños y cómo les había ido en el vuelo. No quería que les afectara la noticia de la muerte de Picketty y les pidió a sus padres que no les permitieran ver noticias del país. Lina no se sentía bien de haber enviado lejos a sus hijos en estos momentos. La familia debía permanecer unida, siempre. No obstante, entendía la posición de Jhon. Debían solucionar los problemas que se iban a precipitar con la muerte de Pablo y, por otro lado, debían terminar de una vez por todas la problemática con el mayor Maximiliano Buenaventura. «Maldito».

Jhon intercambiaba su mirada entre su tableta y su esposa, la cual yacía desnuda en la cama, cubierta solo por una salida de baño semitransparente que dejaba ver el contorno de su silueta. «Hermosa. Aún un espectáculo para los sentidos, incluso después de tantos años».

Jhon se levantó de la sala auxiliar y se dirigió a la gaveta de licores. Destapó uno de sus coñacs favoritos, un Hennessy Paradis Imperia. Giró hacia su esposa, quien aún continuaba hablando con sus padres. Llamó su atención batiendo uno de sus brazos. Lina levantó la mirada y frunció la nariz en señal de pregunta. Jhon le mostró una botella de vino tinto insinuando si quería una copa. Lina recordó la fuerte resaca que le había dejado la noche anterior y sintió una repugnancia fisiológica inmediata. Sin emitir sonido, le pidió a Jhon que sólo le sirviera agua con limón. Lina terminó la llamada con sus padres, ajustó su bata con el cinto y caminó hacia la salita.

—¿Cómo llegaron los niños?

—Bien. Cansados, aunque bastante inquietos. No les gustó salir de esa manera. Sin previo aviso.

Jhon sorbió su trago con la mirada en el vacío, como si no estuviera prestando atención.

—Los niños se ajustan rápido a los cambios. Verás que pronto estarán bien y no querrán regresar.

Lina meditó un momento en lo dicho por su esposo.

—Me pregunto si no será lo mejor. Si no será lo mejor para todos nosotros. Tal vez necesitamos un tiempo fuera, un descanso alejados de todo.

Jhon miró con sorpresa a su esposa y bajó su copa a la mesa.

—¿Hablas en serio?

—No, ¿cómo se te ocurre? —dijo Lina sonriendo. Y con mirada pícara se acercó a su esposo para besarlo, asegurándose de que pudiera verla por debajo de la bata.

—¿Cómo renunciaría a mi coto de caza?

Jhon sonrió, la tomó por el cuello y empezó a besarla apasionadamente. En ese momento, desde la planta baja, escucharon un golpe seco, algo grande dando tumbos secos sobre el piso. Rompieron el beso de golpe.

—¿Escuchaste eso?

—Sí, ¿quién estaba abajo?

—Sólo Álvaro.

Jhon se incorporó rápidamente y dio un par de pasos dubitativos hacia la puerta, Lina detrás de él se ajustaba la salida de baño. Afuera, todo estaba en penumbras. Ni una sola luz encendida.

MAX

Al terminar de subir las escaleras, Max se ajustó contra la pared, alejándose lo más posible del halo de luz que se proyectaba desde el cuarto. Dio una mirada rápida hacia uno de los costados del cuarto y luego decidió entrar ubicándose contra la pared. De repente, finalmente, se encontró cara a cara con Jhonatan Terranova. Este, al verlo, no se inmutó, ni parpadeó; no reflejaba la más mínima muestra de reacción. Control y tranquilidad absoluta. Un poco más atrás, oculta tras su esposo se encontraba Lina que, al ver de repente a Max, había dado un sobresalto, pero ahora su rostro reflejaba la ansiedad de la sorpresa. Una sonrisa leve que luego fue abriéndose a lo largo de su rostro, iluminó la cara de Terranova.

—Mayor Buenaventura, qué gusto. Bienvenido a mi casa.

«Diez segundos». Max sabía lo que debía hacer; entrar y salir rápidamente, sin dudar, sin vacilación. Como solía decir su comandante, el coronel Gordillo: el que piensa, muere. «Veinte segundos. Carajo, ¿por qué no puedo simplemente apretar el gatillo?».

—¿Maximiliano? Sólo va a quedarse ahí de pie sin saludar. No es muy cortés de su parte.

—¡Cállese, maldito idiota! ¡Sólo cállese!

Sin dejar de apuntar, cerró la gruesa puerta del cuarto, la cual claramente tenía un cierto grado de blindaje al igual que la chapa. Le puso el seguro y caminó hacia Jhonatan.

—Señora Russo, por favor hágase a un lado o, si lo prefiere, enciérrese en su cuarto. No querrá ver esto.

«¿Señora Russo? ¿No querrá ver esto?». Requirió un esfuerzo inconmensurable por parte de Lina para no soltarse a reír, para no orinarse y llorar de la risa. «El imbécil no lo sabe. Este inútil me toma por la esposa inocente y víctima incidental del Tramoyista. ¡Qué idiota!». Decidió seguir la corriente, mordió su labio para ni siquiera esbozar una sonrisa y se dirigió al mayor.

—Mayor, Buenaventura, ¿cuál es el significado de todo esto? Le exijo que baje el arma. Llamaré a la policía.

No era la intención de Max, pero giró la pistola hacia Lina deteniéndola.

—Lo siento, no puedo dejar que haga eso. —Luego miró a Jhonatan y con una sonrisa de satisfacción continuó.

—Vamos, Jhonatan, ¿se lo dices tú o se lo digo yo?

Jhonatan ni siquiera estaba mirando al mayor. Continuaba meneando su copa de coñac para disfrutar su aroma; la levantó y bebió todo su contenido de un solo golpe. Giró hacia su esposa y con rostro adusto le ordenó.

—Querida, haz lo que el mayor dice. Es lo mejor. —Luego giró hacia Max y con rostro desprevenido, arrogante, continuó.

—Dime, Max. Dime, ¿qué quieres que le diga a mi esposa?

«Sesenta segundos. Maldita sea, ya debería estar de vuelta en el bosque. ¡¿Por qué no puedo matarlo de una puta vez?!».—Dígale cómo asesinó a todas esas personas. Dígale cómo asesinó a todos esos guerrilleros que lo tenían cautivo. Dígale cómo asesinó a Margarita Rendon y dígale cómo me tuvo secuestrado por más de cuatro meses drogándome.

La paciencia se le agotaba a Max, al igual que el tiempo.

—Cuéntele que usted es el Tramoyista. Un maldito asesino en serie que la policía anda buscando por hace varios años.

Jhonatan sonrió, lo que encolerizaba aún más a Max. ¿Cómo era posible que, aunque Max era quien sostuviera el arma, era Terranova quien pareciera tener control de la situación? «Maltita sea. *Déjà vu*». Recordó en ese momento la última conversación que había sostenido con Jhonatan en su casa de descanso. Al igual que en esta oportunidad, Max parecía tener la ventaja, pero Jhonatan le diría que el error que siempre cometen las personas armadas era pensar que estaban en control cuando en realidad no era así.

Lina empezó a caminar hacia Max. Este la tomó con su brazo libre y la apartó de la línea de tiro ubicándola atrás de él. Lina dio un círculo y se ubicó a la espalda del mayor.

—Verá, Max —continuó hablando Jhonatan, regodeándose. Arrogante, hasta el fin—.

Mi padre, que Dios lo tenga en su gloria, usaba una expresión con nosotros para educarnos. Algo así decía: Cuando uno se golpea con una roca, es un accidente. Cuando tropiezas con la misma roca de nuevo, es tal vez por un descuido. Pero cuanto te tropiezas tres o más veces con la piedra, es porque eres un pobre pendejo.

Levantó la mirada y arqueó sus cejas.

—Debería darme las gracias, mayor.

—¿De qué carajos habla, maldito psicópata, demente? —respondió Max apuntando esta vez la pistola con firmeza y decisión, con la entera seguridad de que en el próximo segundo dispararía.

—Pues que no permitiré que se comporte como un pobre pendejo.

En ese momento, un dolor sonoro y agudo recorrió el cuerpo de Max desde el cráneo hasta la espalda media de su columna. Por un segundo perdió el sentido y se desplomó golpeando de nuevo su cabeza contra el frío mármol blanco. Inmediatamente un hilillo de sangre empezó a vaciarse por entre el cuello llenando un charco de sangre en el cuello. Una, dos y tres veces sintió perder el conocimiento por cortos segundos. Todo se veía negro y de colores a la vez. El dolor intenso del golpe no le permitía enfocar bien su entorno. Al lado suyo, de pie, se encontraba Lina con un jarrón veneciano de vidrio murano, completamente destrozado. Las astillas de múltiples colores iridiscentes iluminaban el suelo alrededor de Max.

—Maldita sea, me encantaba este jarrón.

Se inclinó al lado de Max, rompió la bolsa de plástico de su mano y tomó su Glock. De igual manera sacó la Sig Sauer de su pistolera junto con el bastón retráctil y el cuchillo táctico KA-BAR, que tenía atados en su chaleco. Se incorporó y puso todo en la mesita del bar, excepto por el cuchillo.

Jhonatan estaba sirviéndose otra copa de coñac mientras sonreía complacido.

—Mi esposa siempre quiso asesinarte, desde el primer día; pero yo tenía mis reservas. —Jhonatan dio un sorbo de su copa, bufó y continuó—. Un falso sentido de moral que no volveré a tener.

Los esposos caminaron hacia Max y se acuclillaron justo en frente de él, cara a cara.

—Adiós, mayor. Gané.

Un tajo firme, fino y contundente, cortó piel, músculos, tendones y todas las arterias carótidas del cuello. La tráquea quedó seccionada por completo dejando escapar un silbido del aire de la última inhalación tomada. El rostro de Max se inundó de sangre y su boca probó el ferroso sabor del pegajoso líquido. Todo era borroso y la tibia sensación de la laguna hemática humedeciendo su ropa lo adormilaba aún más perdiendo sus sentidos.

COMANDANTE HÉCTOR

—¡HOLA! Malditos idiotas. No saben con quién se metieron. No tienen ni puta idea de con quién se metieron.

Héctor Rugeles, alias el Comandante, llevaba varias horas gritando y, a pesar de tener la garganta en carne viva, la ansiedad de aquel cuarto oscuro lo llevaba a continuar con sus infructuosos y estridentes berridos.

—Nadie escucha, cerdo.

La voz femenina, desde el fondo de la habitación, hizo erizar al adusto guerrillero, que se sacudió amarrado en su silla. No muchas cosas lograban asustar o intimidar al comandante. Como él solía mencionar, había visto todo y asesinado aún más cosas.

—¡Maldita perra! ¿Desde hace cuánto estás ahí? Suéltame de una puta buena vez.

—¿«Perra»? Eso no es muy amable de su parte, particularmente si analizas el predicamento en el cual te encuentras.

El comandante resopló con fuerza desorbitando sus ojos rojos en furia; una babaza blanquecina escurrió por entre sus labios.

—¡Puta! No sabes con quién te metiste. ¡Oh, ya verás las maravillas que tengo pensadas para ti!

La voz femenina habló de nuevo con sarcasmo.

—¿Las mismas maravillas que les hacías a esas niñas en ese sitio de mala muerte de donde te sacamos?

El comandante apretó los ojos y trató de entender. Lo último que recordaba era aquel sitio en el centro que solía frecuentar, donde la matrona que administraba la casa le prometía solo «carne fresca»; no más de catorce o quince años y no menos de nueve. Alguien debió venderlo, alguien debió delatarlo. «Malditos traidores».

—¿Quién eres? ¿Qué eres? ¿Policía? ¿Narcóticos? ¿Ejército? ¿DEA? ¿CIA?

Rugeles continuaba revolcándose en su silla, tratando de zafarse de sus ataduras, pero lo único que lograba era romper aún más la piel.

—Te daré lo que quieras, dinero. Drogas. Tú sólo dilo.

De nuevo silencio. Largos minutos de incómodo y angustioso silencio.

—Habla ya de una puta vez, ¡perra!

—¿«Perra»? ¿De nuevo? Pensé que ya habíamos tendido lazos y habíamos superado esa parte.

Un chasquido de lengua se escuchó en la oscuridad.

—Señor Rugeles; el año anterior usted realizó un trabajo impecable que ningún delincuente se hubiera atrevido a realizar. Pero su experiencia previa le permitió lograr sin inconveniente.

Héctor empezó a sentirse incómodo por primera vez y un sudor frío, un sudor que no recordaba haber sentido antes, empezó a recorrer su espalda.

—El… ¿secuestro?

—Sí, así es, señor Rugeles. El secuestro del empresario Jhonatan Terranova.

—¿Qué con eso? —bufó inquieto el comandante—. Se hizo por lo que se pagó.

Un suspiro impaciente flotó por el oscuro lugar.

—¿«Por lo que se pagó»? Y exactamente ¿por qué se le pagó?

Rugeles miró de un lado al otro tratando de recordar los hechos con precisión, pero la droga que usaron le hacía doloroso pensar.

—Alguien contactó conmigo y me dijo que debía secuestrar al ingeniero, o al menos hacer parecer que así era. Luego, ya fuera durante el operativo, o a los días del secuestro, debía asesinarlo.

—¿No un secuestro?, ¿asesinarlo?

—Sí, así es, y la otra parte de la misión era impedir, por cualquier medio posible, que el socio, no recuerdo su nombre, fuera a la cita.

—¿Pablo Picketty?

—Sí, ese es el nombre.

—¿Cuánto te pagaron?

—Veinte millones de dólares.

De nuevo un silencio. Un largo y tortuoso silencio. Miedo, absoluto miedo.

—Señora, ¿sigue ahí?

Una profunda inhalación seguida por una lenta y continua exhalación cortó el mutismo.

—Veinte millones de dólares. El dinero compra todo, bueno, casi todo. Pero claramente no es suficiente para comprar una lealtad absoluta y tampoco cura la estupidez. Inútil. Maldito inútil.

«El dinero compra todo, bueno casi todo». Esa frase, ese eslogan, ese *modus operandi* tan particular. No era la primera vez que lo escuchaba. Esa voz.

—Usted, es usted.

—Inútil. Inservible pedazo de porquería humana. Veo que aún tienes claros los parámetros de la operación y, aun así, ¿por qué carajos sigue mi esposo con vida?

El desespero empezó a invadir al comandante, la adrenalina inundó su cuerpo avivando sus sentidos.

—Señora, recibí órdenes. Lo siento. Yo no pude. No trabajo solo, ¿sabe? Tengo jefes.

La mujer se paró de golpe de la silla mandándola a rodar por el suelo y se abalanzó sobre el hombre, en su regazo. Con un escalpelo empezó a punzar sus mejillas a recorrer su rostro, no tan profundo para no cortarlo. No aún.

—¿Qué jefes? —rezongó la mujer con voz profunda.

—Los antiguos líderes de la APR.

Una carcajada desarticulada y maniática retumbó por toda la habitación. La mujer se quitó de encima de Rugeles y le hizo un pequeño corte en la oreja con el bisturí. El hombre se quejó, frunciendo el rostro. La mujer encendió una lámpara de piso y caminó hasta el extremo de la habitación.

—La hipocresía no conoce límites. Increíble. Estos imbéciles están renegociando su paz en México, en Cuba y en el Vaticano, pero no pueden sacar sus manos del negocio. Y dime, Héctor, ¿qué querían tus jefes con mi marido?

Héctor pasó saliva, dudando si responder o no, pero dedujo con facilidad que la mejor política, en este momento, era no callar.

—Querían mantenerlo secuestrado, querían pedir más dinero por su liberación.

—¡Ah! Avaricia. Todo se reduce a la codicia. Más dinero.

La mujer suspiró, se acercó a una pequeña mesa metálica que daba la impresión de haber servido para instrumental quirúrgico. Tomó un par de cosas. Héctor no podía ver qué era, pero sentía que su corazón se le iba a reventar del pecho.

—Te diré qué, camarada. ¿Puedo decirte camarada?

Héctor asintió con fuertes movimientos de la cabeza.

—Vas a ayudarme. Vas a ayudarme a terminar el trabajo que debías haber hecho tú. Ya que no pudimos deshacernos de Jhon, vamos a hacer que la policía lo capture.

—Lo que sea, señora, pídame lo que sea y lo haré.

La mujer palmeó a Rugeles en el pecho y acarició su rostro con ternura.

—Primero que nada, serás testigo de excepción de una obra de arte del Tramoyista. Has oído hablar de mí, ¿verdad?

El hombre rompió en llanto y empezó a suplicar por su vida.

—Por favor, señora, no lo haga. Haré lo que sea. ¡POR FAVOR, NO!

—Shhh, shhh, shhh. No lo hagas, ten un poco de dignidad. ¡Tómalo como todo un hombre! Como el hombre, el macho que violaba una y otra vez a esas niñas.

Del bolsillo de su chaqueta sacó una jeringuilla con un líquido blanquecino. Empujó el embolo y un chorro lechoso voló por los aires.

—Pero, antes que nada, necesito que el testigo no se duerma ni entre en *shock*. Así que te mantendré despierto con este cóctel de sedante, anestesia y adrenalina. Deberías agradecerme.

Le clavó la aguja en el cuello y empujó con fuerza el contenido. Dejó la aguja clavada y se olvidó de ella. Volvió a tomar el escalpelo y se lo acercó al ojo.

—Ahora; un testigo sólo sirve como testigo, porque puede ver todo, ¿no lo crees? No se vale hacer trampa. Así que...

Sin dañar los glóbulos oculares, le cortó los párpados de ambos ojos al hombre y se los guardó en el bolsillo. El hombre gritaba sin parar, no daba crédito a lo que estaba ocurriendo.

—Santa María, madre de Dios, ruega por nosotros...

La mujer rio de nuevo, pero esta vez, murmuró sólo para sí.

—Definitivamente, la hipocresía no conoce límites.

De su bolsillo tomó unas tijeras pequeñas de jardinería, de las que son usadas para mantenimiento de los rosales y tomó una de las manos del hombre.

—Apuesto que las huellas de estos dedos tienen una historia que la policía encontrará muy interesante. Cuando acabe contigo, quemaré tus restos, pero sólo un poco. Ahora bien, para proteger estas huellas, te los daré a comer y te los vas a tragar sin protestar, o de lo contrario, me pondré muy muy molesta.

La mujer empezó a cortar uno a uno los dedos del hombre, en medio de sus estertores y alaridos. Silbaba y tarareaba canciones alegres. Se detuvo por un instante, pensó y giró para hablarle al comandante.

—Sólo espero que estos policías inútiles den con estos dedos, de lo contrario, todo esto habrá sido una gran pérdida de tiempo. ¿No lo crees, Héctor?

LINA

Los chorros de sangre eyectados por las carótidas del cuello cercenado de Jhonatan Terranova bañaban el rostro de Lina una y otra vez, pero esta no se inmutaba, solo miraba fijamente los ojos de su esposo para asegurarse de que la vida se le fuera de una vez por todas. El ingeniero intentaba hablar, pero el corte profundo había separado las cuerdas bucales también. Max, también bañado por la sangre del asesino, trataba de alejarse arrastrándose. Sabía que acababa de pasar algo malo, algo realmente muy malo, de lo cual sólo él era testigo y debía salir de ahí, pero el dolor del golpe le sacaba el aire y el aliento.

—Simplemente, ¿no podías morirte y ya? —decía la mujer, aún acurrucada al lado del cuerpo inerte de su esposo—.

¿Realmente era tan difícil?

La mujer se paró ágilmente y dio unos largos pasos hasta ponerse al pie de Maximiliano. Totalmente bañada en sangre, con sus cabellos cubiertos en girones de coágulos, que solo dejaban ver la sombra de sus ojos perdidos, espetó.

—Y tú. ¿Simplemente no podías haber disparado tan pronto entraste? ¿Era tan difícil? Todos ustedes son una partida de inútiles.

La mujer gruñó en decepción, se agachó sobre Maximiliano sentándose en sus piernas. Blandió el cuchillo sobre su rostro y prosiguió.

—A estas alturas, si Jhonatan hubiera muerto cuando se suponía debía morir, yo ya estaría sentada en la Junta Directiva del conglomerado de Industrias Terranova, y con el pelele de Pablo Picketty a mi lado, sólo sería cuestión de meses para tomar la posición como CEO. Todos esos bastardos yacerían de rodillas ante mí.

La mujer dejó caer el rostro clavando la barbilla sobre el pecho. Musitó un par de cosas inaudibles para Max, que intentaba arrastrarse por entre las piernas de la mujer. En ese momento, una voz apagada y adolorida se escuchó en la radio, en el auricular que Max le había quitado a uno de los escoltas en el baño.

—Esta aquí. El hijo de puta de Maximiliano Buenaventura está aquí.

Era Álvaro. Debió tener chaleco antibalas. En ese momento varios golpes tronaron en la puerta de la habitación.

—Señor Terranova, ¿está ahí? ¡ABRAN!

Lina se distrajo por un momento para mirar la puerta cerrada. Max aprovechó la oportunidad, sacó una de sus piernas aprisionadas bajo el peso de la mujer y con un empujón la lanzó varios metros por el piso. La mujer cayó pesadamente, se revolcó como un animal, recuperó el equilibrio y se puso en pie bufando. Sus ojos se bloquearon sobre Max, quien volteó a mirar las armas sobre la repisa; la mujer giró y también las vio, sonrió y se arrojó sobre Max con un alarido gutural. Max se lanzó por encima de un futón evadiendo por poco el ataque de Lina. La señora Russo caminó lentamente tratando de bloquear el paso del mayor hacia la repisa; en ese momento, varias detonaciones explotaron ensordecedoras en la habitación. Lina se estremeció por la sorpresa; volteó su cara para ver cómo Álvaro empezaba a romper el marco de la puerta con la cerradura hecha añicos. Max corrió hacia la repisa y saltó sobre ella, Lina giró de nuevo haciendo un lance con el cuchillo, el cual esta vez sí encontraría destino cortándole el antebrazo derecho. Max aterrizó sobre la repisa mandando las armas por el piso; se incorporó y gateó lo más rápido que su cuerpo le permitía. Finalmente, alcanzó el arma más cercana, le quitó el seguro y apuntó. Lina se escondió en la columna donde estaba el bar, tornó su mirada hacia Álvaro que ya entraba a trompicones por entre la puerta derribada.

—¡Dispárale! ¡Mátalo! Asesinó a Jhon.

Álvaro miró a su jefe tendido en el piso en medio de un charco de sangre; la furia lo invadió y empezó a disparar su arma a fondo. Disparó hasta dejar el proveedor seco. Se arrodilló, eyectó el proveedor, sacó uno fresco de su cinturón y lo introdujo de nuevo. Max aprovechó el momento y empezó a disparar por toda la habitación. El duro golpe que Lina le había propinado le tornó la visión borrosa y sólo distinguía un túmulo de sombras y manchas multicolor. El mayor se maldecía y se preguntaba ¿en qué momento esto se había salido de madre? «Esto estaba mal, definitivamente muy mal».

LAGOS

Vivian se aproximaba un poco más al círculo de la conversación e insistía al supervisor de los guardaespaldas.

—Vamos, compadre, ¿una ayudita aquí? Sólo es una mirada a los jardines y al bosque de atrás. Ni siquiera debemos entrar a la casa y ustedes nos pueden acompañar en todo momento.

El hombre intercambiaba mirada entre los policías y sus compañeros. Dudaba, dudaba hasta que un murmullo indescifrable se oyó a través del intercomunicador. El hombre frunció el ceño y de inmediato volteó hacia atrás donde estaban sus compañeros al frente de la casa, les hizo una seña y de inmediato los hombres empezaron a correr escaleras arriba del *cottage*, dando grandes saltos. El supervisor dio unos pasos atrás, en dirección a la residencia, luego miró a sus hombres, entreabrió la boca, claramente no sabía qué decir, miró de nuevo al *cottage* y de nuevo a sus hombres. Era evidente que algo sucedía, y Lagos no iba a perder esa oportunidad, su oportunidad. Miró a Vivian con emoción y regresó la mirada al supervisor.

—¿Todo está en orden, compañero?

No había terminado de preguntar, cuando múltiples detonaciones se escucharon. Claramente provenían del interior de la casa y claramente eran de arma de fuego. Los tres hombres intercambiaron miradas, no sabían que hacer. Por un momento dudaron y en esas situaciones, la duda mata. El hombre más joven empezó a levantar su subametralladora hacia los oficiales. Inmediatamente Vivian corrió de golpe la solapa de su chaqueta, se llevó la mano a la pistolera, quitó el seguro de su arma, la desenfundó y la apuntó al escolta.

—¡Hey, hey! Chico. Tranquilo con esa MP5. No queremos incidentes desagradables.

Lagos levantó sus manos e intentó aplacar los ánimos. Miró a Vivian indicándole que se tranquilizara. Miró al supervisor haciéndole un ademán para que hiciera lo mismo con su gente, no quería un O. K. Corral. Súbitamente, como si el destino de esa noche le jugara una mala pasada; como si el humor negro de todo lo divino se burlara del teniente, una tormenta de plomo retumbó en el interior de la residencia, y con eso, todo se fue al carajo. Miró de nuevo al supervisor tratando de leer si en su rostro había una pizca de duda, o al menos de intención de apaciguar a su gente, pero todo lo que vio fue a un veterano exsoldado entrando en modo de combate. Lorenzo apretó los ojos, se llevó la mano a su vieja Smith & Wesson y esperó lo mejor.

Cuando el joven intentó apuntarle a Orduz, ella vio en sus ojos lo que había visto muchas veces en México, en los ojos de todos esos patanes con los que se había cruzado con los carteles mejicanos; un vacío lleno de ira asesina. La sargento no le iba a dar la oportunidad y accionó su pistola tres veces. Todas las balas impactaron en el cuello del muchacho desprendiéndole trozos de carne y huesos y lanzando por los aires ráfagas de sangre que a la luz de la noche se veían negras. El joven soltó su arma, se llevó las manos al cuello y se desplomó de rodillas. Mientras trascurrían aquellos largos segundos, el otro escolta empezó a levantar su MP5 para dispararle a Orduz, Lagos vio la intención del hombre y le descargó su revólver justo en la sien, a menos de cincuenta centímetros. Un enorme pedazo de cráneo, enredado entre una madeja de pelo, carne y piel se levantaron de la cabeza como una puerta de vaivén rebotando en el occipital del otro lado de donde le había disparado Lagos. Un trozo de materia gris empezó a escurrir por la oreja del escolta, quien permaneció rígido, de pie, antes de caer al suelo totalmente desmadejado. La acción del teniente le impidió ver lo que estaba haciendo el supervisor, quien ya tenía su pistola a medio camino entre su funda y el pecho de Lorenzo. Orduz, instintivamente, se tumbó en el suelo sobre una rodilla y le apuntó al supervisor. De nuevo tres tirones del gatillo inundaron el aire con el olor ácido, típico de la cordita. Las tres balas impactaron en el pecho del supervisor, quien fue a rodar un par de metros no sin antes accionar su pistola. El único disparo que alcanzó a hacer el líder de los escoltas impactó al teniente en su pierna izquierda a la altura del muslo, sólo unos veinte centímetros por encima de la rodilla. El viejo policía se tumbó sobre su rodilla derecha, lo que le ocasionó un dolor adicional, soltó su revólver y apretó con ambas manos su pierna. Vivian abrió sus ojos a punto de salírseles.

—¡Maldición, Lorenzo!

La sargento guardó su pistola, tomó el revólver de Lagos y, como pudo, se acurrucó y abrazó al teniente por entre las axilas, lo arrastró hasta su carro y lo sentó detrás de la llanta delantera detrás del motor. En ese momento, dos escoltas habían salido de cada lado de la casa y, habiendo visto lo sucedido, empezaron a disparar sus armas contra ellos, ambas en *full* automático. «Hijos de puta. Tienen fusiles».

Orduz tomó el revólver del teniente, se lo entregó.

—Viejo, pesas demasiado para arrastrarte. Casi haces que nos maten a ambos. Tienes que adelgazar, hombre.

—No me jodas, Vivian. No te hagas la lista conmigo.

—¿Cómo estás, compañero? —En la noche no podía ver con claridad la magnitud de la herida, encendió su celular y se lo pasó a Lagos, al tiempo que miraba a qué distancia estaban los escoltas que aún disparaban sin parar.

—Duele como el infierno, pero no creo que sea tan grave.

Orduz rompió el pantalón y vio la herida. Era profunda y no tenía salida, pero no sangraba demasiado. Eso era bueno.

Los escoltas continuaban disparando, impactando el pequeño vehículo una y otra vez, el cual se mecía de un lado al otro con cada golpe. Afortunadamente el motor servía de parapeto y no permitía que las balas atravesaran. Vivian tomó su bufanda, la enrolló y la envolvió en la pierna de Lagos.

—Esto va a doler un poco, teniente.

Lagos la miró con recelo, tomó tres respiraciones rápidas y Orduz apretó el nudo sobre la herida.

—¡Argh! Hijo de puta. Con estas son dos veces que me jodes hoy, sargento.

—Lo siento, jefe.

Orduz miró de reojo de nuevo sobre el maltrecho capó de su vehículo, bufó y murmuró para sí.

—Espero que esto lo cubra el seguro. —Luego miró a su jefe—. Jefe, voy a correr al bosque para flanquearlos, usted cúbrame.

—No, no, no. Ni de coña. Tú te quedas aquí mientras llegan los refuerzos.

Sacó el celular y empezó a marcar a la estación.

—Jefe, nos van a volver mierda antes de que alguien alcance a llegar.

Lagos la miró. Trozos de pintura, vidrios y metal llovían a su alrededor mientras los hombres no paraban de disparar.

—No te hagas la heroína conmigo, maldición.

—No, jefe. Jamás lo haría.

Lagos abrió el tambor de su revólver, retiró el casquillo usado, tomó una bala de su bolsillo y la cargó de nuevo; cerró el tambor y martilló la pistola.

—Cuando deban recargar, empiezas a correr. Yo te cubro.

En ese instante, contestaron de la comisaría. Lagos inmediatamente interpeló.

—Oficial herido, oficial herido. Envío dirección para apoyo y personal médico.

Miró a Orduz calculando que los hombres prontamente debían cargar sus armas. Un breve silencio en el ambiente, el carro sin ser impactado. Orduz y Lagos asintieron y la sargento empezó a correr hacia el bosque. Lagos se incorporó, se echó sobre el capó y empezó a disparar sobre el primer hombre que vio. De los seis tiros, dos impactaron al hombre que cayó muerto de inmediato. De reojo, Lorenzo vio como el otro hombre veía a su compañero caer. Martilló su carabina, pero antes de que la levantara, una serie de disparos desde el bosque lo impactaron por todo el cuerpo. El hombre rodó por el suelo e intentó arrastrarse, pero otros dos disparos lo alcanzaron a la altura de la nuca levantándole la parte trasera del cráneo. «Carajo, esa niña tiene puntería».

Lagos se levantó para ver mejor y en ese instante un destello, seguido de un trueno y un dolor calcinante, inundó a Lagos que cayó en el piso.

—¡NOOO!

Retumbó un grito histérico desde el bosque, mientras se veía a la sargento salir por la línea de árboles disparando una y otra vez todo lo que le quedaba en el proveedor sobre el supervisor que había permanecido desmayado un par de minutos. Tan pronto estuvo sobre él, eyectó el proveedor usado, cargó uno nuevo, puso un tiro en la recámara y le disparó justo sobre el ojo derecho al hombre.

—¡Hijo de puta!

Salió corriendo donde estaba Lagos y lo encontró de espaldas tumbado en suelo tosiendo y escupiendo sangre.

—No, no, no, Lorenzo, no me hagas esta mierda.

Vivian buscó si tenía otra prenda para ponerle en el cuello al teniente. Tenía una entrada de bala a la altura de la laringe con un enorme agujero que salía protuberante por el músculo esternocleidomastoideo.

Se quitó la chaqueta, se quitó la camiseta y se la puso en la herida a su compañero y la apretó con fuerza. Empezó a sentir que las lágrimas nublaban su vista. Tomó el celular, pero en lugar de llamar a la estación, llamó al capitán Román Bermeo. Cuando contestó, lo primero que dijo fue un improperio.

—Hija de puta, Orduz, ¿qué carajos está pasando?

—¡Está herido, señor! Lagos este herido y no sé qué tan mal está.

Un suspiro pesado se escuchó al otro lado de la línea.

—Tranquila, Vivian, ya vamos para allá. Manténgalo estable. Ya vamos.

Al colgar, Lorenzo tomó a Vivian con fuerza por la nuca y la acercó a él.

—Ve a la casa. Ve a la casa, ahora.

—No, ni de coña. Me quedo contigo.

—Compañera, por favor, ve. Ayuda a quien sea que este ahí. —Vivian lo miró entre tristeza y confusión.

—Por favor, compañera. Ve.

A lo lejos, a la distancia, un cúmulo de sirenas empezaba a escucharse, a abarrotarse por entre esa montaña. Lagos volvió a mirar con calma a Vivian.

—Ve.

Vivian asintió, limpió una lágrima que se le escapaba por la parte trasera de su mano, se levantó, continuó mirando a Lagos al caminar de espalda; giró y empezó a trotar hacia la casa.

MAX

Max, aún bastante aturdido por el golpe de Lina con el jarrón de murano, se ocultó en el cuarto más lejano del piso, el estudio. En este había una biblioteca, un computador con una mesa de trabajo y una sala auxiliar, «otra sala auxiliar. ¿Qué carajos les pasa a los ricos con las salas auxiliares?».

Eyectó el cargador e introdujo uno nuevo. Pensó que lo único que mantenía alejado al escolta de asesinarlo era que pensara que aún tenía munición. Debía cuidarla, escatimar su uso al máximo. Unas voces adicionales empezaron a agolparse en la entrada de la habitación. Dos o tres. Su cabeza no le permitía ni escuchar, ni ver con claridad. Al fondo vio unas lámparas y luces alógenas que pendían del techo. Debía nivelar las cargas al menos. Con el poco sentido de orientación que sus ojos le permitían, apuntó y disparó a las luces para explotarlas. Debía dejar todo a oscuras. No tener la ventaja de la luz para él tampoco les facilitaría la vida a los escoltas con la diferencia de que a él lo habían entrenado para esto. Ambientes hostiles, ambientes ajenos, ambientes de desventaja.

Tan pronto disparó dejando a oscuras la habitación contigua, una lluvia de balas inundó el estudio. Max se apretó contra la pared más lejana del estudio, tratando de evadir las descargas y las esquirlas. Un momento de silencio y una conversación entre sus asaltantes.

—¿Qué carajos sucede allá afuera?

La voz le sonaba familiar, era el escolta al que había disparado en la segunda planta antes de subir al tercer piso. «Carajo, debió tener chaleco antibalas, debía haberme asegurado con tiro en la cabeza». Una segunda voz se escuchó.

—Eran unos estúpidos policías que se aparecieron de la nada.

—¡Carajo, carajo, carajo! —La voz, más que molesta, se escuchaba preocupada. De nuevo un grito.

—Señora Lina, señora Lina, ¿me escucha?

—Aquí estoy, Álvaro.

—Señora Lina; entre en la habitación de pánico de su cuarto y tome el elevador. Salga de aquí rápido.

Max escuchó eso y la sangre le empezó a hervir. Tanto tiempo, tantos meses siendo tomado por un estúpido. No, eso no iba a pasar bajo ninguna circunstancia. De nuevo aquel coro lejano de su canción *So Long* le retumbaba en sus oídos: ...*everyone who hurt me's gonna pay*...—¡Ni por el putas! Ni la perra, ni nadie más sale de aquí —gritó de manera gutural Max.

Salió de su escondite y empezó a disparar en dirección en donde había escuchado las voces. Disparó hasta que su Glock quedó vacía. Eyectó el cargador, sacó rápidamente unos de los proveedores de su cinturón y lo introdujo en la pistola. Una risotada maniaca retumbó en la habitación. Lina no paraba de reír.

—¡Imbécil, inútil! Te abocas demasiada importancia. —Un chasquido de lengua reptil—. Pero en realidad eres tan poca cosa.

Lina salió de las sombras, ojos oscurecidos con un tenue brillo carmesí y se abalanzó sobre Max con su cuchillo táctico desplegado en un abrazo letal. Este logró evadirla por poco, pero quedó desequilibrado y rodó por el piso. De inmediato apuntó el arma, disparó, pero la hermosa y grácil señora Russo ya no estaba allí; las balas sólo terminaron en el cielo raso. Cuando se incorporó para intentar apuntar de nuevo, una lluvia de balas le hizo tumbarse al suelo y arrastrarse para buscar cobertura. Dos disparos dieron justo encima de la cabeza de Max, lo que lo obligó a incorporarse y buscar otro sitio para cubrirse.

Miró de nuevo al techo y vio las luces alógenas que aún permanecían encendidas; les disparó. En esta oportunidad, el cuarto quedó totalmente a oscuras. En respuesta, una lluvia de balas empezó a volar en todas direcciones. Max se cubrió lo mejor que pudo, tratando de proteger sus ojos de las esquirlas, de la mampostería y de los vidrios rotos de las ventanas, que empezaban a romperse en toda la habitación. A lo lejos, pero cada vez más cercanos, el ulular de las sirenas se escuchaba con mayor claridad.

—¡Aquí nos morimos todos, hijos de puta! ¡Todos!

Habiendo salido Lina de la habitación, el *hall* donde habían rodado las armas estaba libre. Aprovechando la oscuridad, el mayor se arrastró y tomó su Sig Sauer. Jaló el pasador para verificar que tuviera munición en la recámara y la guardó en la pistolera. Calculó en qué dirección estaban los hombres de Álvaro, que seguían comunicándose por el intercomunicador. Querían rodearlo, pero eso era inaceptable para él. Un trío de escoltas panzones no debían superarlo, no podían superarlo. No a él. No al mejor de todos y cada uno de los cursos de fuerzas especiales.

Tomó dos jarrones de una repisa contigua y los arrojó con fuerza al techo. Uno de los escoltas se asomó para ver el escándalo y, aprovechando ese instante, ese pequeño segmento de segundo, Max disparó una ráfaga de cinco tiros logrando que uno de ellos le impactara. El escolta más cercano intentó ayudarlo, pero inmediatamente Álvaro vociferó para que lo dejara. El hombre protestó.

—Pero está herido.

—Déjalo, eso es lo que quiere ese cabrón.

En medio de la discusión, Max se arrastró y tomó otra posición sin ser visto. «Debo terminar con esto rápido o la maldita loca se perderá.

Maldita loca»; el mayor seguía sin lograr digerir lo que acababa de suceder entre Lina y Jhon.

Unos pasos se escucharon desde los pisos inferiores y unos sonidos secos empezaron a retumbar desde las escaleras. El escolta se agachó para retirarse hasta la entrada del tercer piso, se ubicó en la puerta de acceso y empezó a vociferar.

—¿Quién anda ahí?

Álvaro de inmediato lo increpó.

—Cállate, imbécil. ¿Sabes dónde están Rodríguez, Miranda y López?

—Estaban custodiando el patio trasero, la terraza. Pero no los he visto y no se han comunicado.

—Escucha, los voy a buscar. Nadie debe ser capturado, ¿me entiendes?

El hombre, con un claro gesto de preocupación asintió, pues sabía lo que significaba esa sentencia. Álvaro continuó.

—Por tu bien y el de tu familia, o logras salir de esta casa o no sales en absoluto, ¿me entiendes?

El hombre asintió, con claro agobio.

Los pasos empezaron a sentirse cada vez más cercanos en las escalas. Los hombres salieron del cuarto en silencio, sin emitir el más mínimo ruido y se retiraron a las habitaciones contiguas a las escaleras. Álvaro se perdió en la oscuridad y el otro escolta esperó en la habitación que quedaba frente al último peldaño.

ORDUZ

Orduz cruzó con precaución el antejardín del *cottage*. Los destellos de los disparos en la planta alta iluminan el huerto exterior. Se distrae por segundos, pero vuelve su mirada al objetivo principal. La puerta de ingreso. Una enorme puerta de roble macizo de tres metros de ancho por cuatro de alto permanecía abierta dejando ver el oscuro interior de la casa. Ha llevado la cuenta de los tiros que ha gastado. El cargador que tiene no está completo, tiene unas cuantas balas de menos. Decide cambiarlo. Expulsa el proveedor usado de su Shadow e introduce uno fresco. Vivian había estado en este tipo de situaciones antes, incluso peores. Los carteles en México no se andaban con pavadas y cada redada, cada operativo, siempre ponían su vida al límite; no obstante, por alguna circunstancia, esta noche la ponía intranquila. Tal vez era el hecho de ver a su amigo herido, de haberlo abandonado. «No, él insistió en abandonarlo. Insistió en continuar la misión».

El interior de la casa estaba parcialmente a oscuras. La tenue luz que se colaba por las escaleras desde el tercer piso, y el reflejo de las luces alógenas del bosque proyectaban rayos espectrales de cada mueble, repisa, mesa y decoración. «Las sirenas cada vez se escuchan más cerca. ¿Debería esperar? Carajo, carajo, carajo. Lagos me pidió ayudar. Me pidió entrar. Me pidió no esperar».

Empezó a subir las escaleras con lentitud, con la mayor lentitud que la ansiedad le permitía. Cubría con precaución su espalda entre las paredes y las sombras, siempre apuntando hacia arriba, siempre con una elevación entre ángulos de cuarenta y sesenta grados. Improperios, gritos, amenazas y alaridos era todo lo que se oía desde arriba. Una gota de sudor molesta se escurrió entre sus cejas causándole un hormigueo indeseable. Rápidamente se limpió con la parte trasera de su mano izquierda y de nuevo la volvió a poner como apoyo a su arma. Continuó subiendo escalón por escalón. Lejos estaba de su acostumbrada forma trepidante de escalar cual cabra de montaña. Al llegar al segundo nivel, se acurrucó entre la pared y los últimos peldaños. Esto no estaba para nada bien. La única luz que iluminaba el nivel era la que provenía del piso superior. Ese halo de luz hacía que la oscuridad fuera aún más profunda. En los cuartos podía haber alguien apuntándole totalmente iluminada desde arriba y ella ni cuenta se daría. Sólo el fogonazo del cañón del arma, una milésima de segundo antes de que le volaran la cabeza, le avisaría del error que acaba de cometer. Pero pasaron un par de segundos y nada sucedió, tal vez tenía suerte o tal vez no había nadie en la oscuridad. Dio un brinco contra la pared frente a las escaleras y apuntó de nuevo hacia arriba. Debía seguir subiendo, no podía detenerse, no podría dudar. «Dudar mata».

Continuó su ascenso, lo que fuera que hubiera pasado, la trifulca se había detenido, había tenido una súbita pausa, nada se escuchaba, lo cual podría ser bueno o muy malo. Era inocente pensar que quienes estuvieran arriba no supieran que ella estaba ahí. Ocultarse por supuesto tenía como objetivo que no le volaran la cabeza, pero sorprenderlos era algo que no iba a pasar. Así que, animada por el estridente vaivén de las sirenas, se animó a hacer lo más anticuado y cliché que podría ocurrir:

—¡Policía nacional! ¡Ríndanse, arrojen sus armas y túmbense al suelo!

«Eso se oyó peor de lo que pensé. "Ríndanse". ¡Carajo!». Como era de esperarse nada se escuchó, nadie respondió. Eso llevaba a una única conclusión. Por su experiencia previa sabía que ningún delincuente que permaneciera callado, oculto en las sombras, se iba a ir callado de este mundo. Siempre que se planteaban estas situaciones la única manera de solución, y no otra, era asistir al maldito a irse al otro mundo. No obstante, se dio una segunda licencia.

—¿Escuchan eso? Esas sirenas pronto estarán aquí, y con ellas, un montón de mis amiguitos. Lo que sea que esté pasando allá arriba, se acabó.

De nuevo, un momento de silencio. La sargento continuó subiendo hasta quedar en la curva del último descanso de la escalera; al girar, quedaría de frente a las habitaciones del tercer piso. Tomó un par de inspiraciones profundas para liberar la tensión de su diafragma y se dispuso a salir. Una lluvia de balas de una subametralladora subió desde el segundo nivel obligando a Orduz a arrojarse al descanso que tenía al frente. De inmediato, unos fogonazos empezaron a iluminar el interior del cuarto contiguo del tercer piso dejando ver por momentos, entre las penumbras, las facciones de un hombre de unos treinta y tantos. Orduz mantuvo la cabeza erguida solo lo suficiente para ubicar a su asaltante, pero no lo suficiente para que la matara. Las balas del tercer nivel impactaban y rebotaban a escasos centímetros de la cabeza de Vivian; y las del segundo nivel hacían que encogiera sus piernas para que no le volaran los dedos de los pies. Terminó en posición fetal bañada por los restos de las paredes y mampostería blanca en aquel retablo de dos por dos. Cuando sintió que el escolta de arriba se estaba quedando sin balas, teniendo que recargar, levantó su Shadow y, sin mirar, calculando donde había visto al hombre, descargó su arma. Ocho tiros se fueron en cuestión de segundos. El ensordecedor rugir de la pistola de Orduz se amplificó en el *hall* de las escaleras. La oficial se impulsó con unas de sus piernas y subió rápidamente tres escalones apuntando el arma. Abajo, de nuevo una lluvia de balas impactaba la pared. La sargento continuaba vaciando su arma en la habitación donde había visto el rostro del hombre. Mentalmente contaba las balas que le quedaban. «Seis, cinco cuatro. Asoma la cara, maldito». Se detuvo un momento simulando haber agotado su cargador. El hombre tomó la carnada y se asomó para continuar disparando. "Mala idea, compañero". Dos disparos impactaron el rostro del hombre arrojándolo con fuerza al interior del cuarto, sumiéndolo de nuevo en las sombras. Vivian encendió su linterna, pateó el arma del atacante y verificó que estuviera muerto, de inmediato giró para continuar con el asaltante del segundo nivel, pero este ya estaba en el descanso apuntándole con su MP5. Dos balas impactaron en el abdomen de Vivian arrojándola al piso sin aire. Si le hubieran pegado directamente en el pecho de seguro habría perdido el conocimiento, adicional de romperle un par de costillas; aunque por el dolor que estaba sintiendo, no sabía si hubiera preferido aquello.

Álvaro, el jefe del equipo de escoltas, continuaba apuntando a la oficial a través del visor de hierro del arma. Con una sonrisa maliciosa, oculta por el humo que se elevaba desde el cañón, se dirigió en tono de victoria a Orduz.

—Estuviste cerca, perra; pero no lo suficiente.

Una detonación retumbó y Orduz cerró los ojos. Después otra y varias más estallaron, haciendo que el cuerpo inerte del escolta se estremeciera en el piso de mármol de aquellas escaleras. La sangre empapó la ropa del hombre hasta escurrir y formar un charco de sangre que empezó a descender como una cascada por el prístino piso.

Vivian levantó su arma y le apuntó al hombre que se asomaba por la pared de la entrada a la habitación principal. El hombre sonrió, dejó caer el arma y se tumbó en el piso. Un grueso hilo de sangre le bajaba por la parte trasera de la cabeza y sus ojos se nublaban por momentos dejando entrever que estaba a punto de colapsar. El hombre empezó a murmurar inteligible una y otra vez.

—Mayor, Maximiliano Buenaventura de la Armada Nacional. Número de serie: 3796241.

Con dificultad, Vivian se incorporó. Adolorida, se llevó de manera instintiva la mano debajo de su chaleco para chequear si estaba sangrando. En todo momento no dejó de apuntar al mayor. Se acercó para escucharlo mejor, y al entender lo que murmuraba, le puso el seguro a su arma, la guardó y tomó al mayor por el cuello. Lo recostó y empezó a hablarle.

—Mayor, todo está bien. Ya todo estará bien. Soy La sargento Vivian Orduz de la Policía Nacional. Departamento de Homicidios. Va a estar bien. Tranquilo.

El mayor cerró los ojos y se permitió descansar por primera vez en mucho tiempo.

CONSULTORIO DEL DOCTOR CILLIAN ATWOOD

La camioneta cruzó la verja de hierro de la casa victoriana. La fachada de ladrillo rústico pelado, con su tradicional rojo oscuro muy usado en las construcciones de aquella época, se elevaba imponente en medio de un jardín de rosales, trepadoras de buganvillas y un gran árbol de cerezo florecido. La gravilla se quejaba suavemente debajo de los neumáticos de la camioneta.

El conductor descendió del vehículo sin apagarlo. Cruzó por el frente con un paso ligero, casi trotando y abrió la puerta trasera del lado del copiloto. Lina Russo descendió con cansancio mental y no físico. Miró la casa del reconocido psiquiatra con desazón y dejó escapar una exhalación pesada. Sin mirar al escolta se dirigió a él.

—Lo espero más tarde.

—Sí, señora. Aquí estaré cuando me llame.

Lina empezó a subir las escaleras de piedra perfectamente pulidas. En la entrada ya se encontraba, con una sonrisa amable y sosteniendo la gruesa puerta de cedro, la asistente del doctor, la señora Charlotte Davies.

—*Good afternoon, my dear.*

Detrás de sus gafas de sol, Lina tornó sus ojos con desdén, no podía creer que después de tantos años de vivir fuera de su país, la señora aún hablara en inglés.

—Buena tarde, Charlotte. ¿El doctor? —No quería perder tiempo con la señora y no estaba dispuesta a permanecer más tiempo allí de lo necesario.

—Por supuesto, por supuesto, querida. Sigue a la sala de té mientras le aviso de tu arribo.

Lina asintió, se retiró las gafas e ingresó a la mansión. Una empleada salió por una de las puertas laterales, saludó a Lina con una leve reverencia de la cabeza y gesticuló para que la siguiera. Esto era realmente incómodo, suficiente era el haber sido convencida por sus padres de tener una cita con «el loquero», y ahora tenía que soportar que todos en esa casa se dieran cuenta de su presencia. En varias oportunidades le había insistido al doctor Atwood que la única forma de aceptar el tratamiento era que este se mantuviera en la más irrestricta confidencialidad, alejado de todas las miradas. El doctor había asentido y esa era la razón de ella estar ahí, pero encontrarse con estas personas en la casa, para ella, era una clara violación de la confidencialidad. La empleada le señaló una silla y se ofreció para tomar su. abrigo y cartera. Lina no se sentó y con una mano rígida rechazó la oferta.

—¿Sabe si el doctor demorará mucho?

—No, no, señora. Pero no debe tardar, de seguro. ¿Le ofrezco una taza de té?

Lina resopló, miró su reloj y dejó caer la mano pesadamente sobre su cadera.

—¿Un café?, por favor. La muchacha asintió y se retiró de la salita. Lina dio unos pasos alrededor de la mesa y tiró el abrigo y la cartera sobre una de las sillas. «¡Increíble! ¿Qué demonios haces, Lina? ¡Lárgate, ya! ¡Lárgate de una buena vez!».

Lina se giró sobre sus talones, dio largos pasos hacia la silla donde había dejado sus cosas, las cogió y se dispuso a salir del cuarto. En ese momento, Charlotte le cortó el paso.

—El doctor la espera en su despacho.

Al final del largo *hall* de unos quince metros se encontraba una puerta abierta la cual dejaba ver parcialmente el interior de la habitación y al fondo un ventanal alto que daba contra el jardín trasero de la casa. La asistente hizo una leve reverencia, indicando con su cabeza y su mano levantada, para que la siguiera. Atravesaron el corredor de madera oscura que, con cada paso, se quejaba de un modo casi ceremonial. Al llegar a la puerta, la asistente se dirigió de nuevo a Lina.

—Haré que le traigan su té aquí.

Lina cerró los ojos con impaciencia, levantó su mano desocupada y, al tiempo con su cabeza, la meneó en respuesta.

—No, no era té, había pedido café, pero no quiero ya nada. Gracias. No traigan nada, por favor.

Charlotte miró con extrañeza la postura incómoda de Lina e intercambió miradas con el doctor Atwood, quien en silencio le indicó que se retirara.

—Muy bien, señora Russo, me retiro. —Luego mirando al doctor continuó.

—*¿Doctor, is there anything else I could do for you today?*

—*No, my dear. That would be all for today.*

Charlotte hizo una leve reverencia, tomó el pomo de la puerta y empezó a cerrarla.

—Charlotte, querida. No olvides decirles a las empleadas que salgan de la casa. Mañana nos vemos.

—Por supuesto, doctor. —Y mirando de nuevo a Lina, terminó—. Buena noche, señora Russo.

Lina respondió asintiendo con la cabeza, pero sin musitar palabra alguna. Su molestia era más que evidente. Al cerrar la puerta, Lina de inmediato se dirigió al médico.

—Doctor Atwood, habíamos quedado que estas sesiones serían total y absolutamente privadas.

El doctor levantó ambas manos en rendición y con sus ojos clavados en el piso respondió con claros signos de mortificación.

—Por supuesto, querida. Lo siento, lo siento muchísimo. He olvidado avisarle al personal que se retirara antes de la hora de tu llegada.

Luego dirigió su mirada al escritorio de su biblioteca e invitó a Lina a hacer lo mismo.

—Esta tarde he perdido la noción del tiempo, estudiando y preparándome para nuestra sesión de hoy. Espero, con profunda y sincera vergüenza, que este desencuentro no lleve a cancelar nuestra cita. Quiero intentar algo diferente hoy.

Lina relajó un poco su postura, pues la cantidad de libros de todos los tamaños, épocas, idiomas, colores y olores, desperdigados en la mesa del estudio, captaron su intriga.

—¿«Diferente»?

—En efecto, querida. «Diferente».Lina dio unos pasos recorriendo el estudio. Dejó caer sus cosas sobre una poltrona de cuero color tabaco envejecido y caminó hacia la mesa. Tomó un viejo libro en alemán, el que le pareció más viejo de todos, y leyó donde estaba abierto. *Hypnose und Hypnotherapie bei Depression, Sucht, Trauma, Zwang, chronischen Schmerzen und Angstzuständen.*

—Esto debe ser una broma, ¿verdad?

El doctor meneó la cabeza levemente con una sonrisa tranquilizadora.

—Señora Russo, Lina. Durante algún tiempo hemos intentado con terapia tradicional y aún no identificamos el origen de sus síntomas; los cuales, a diferencia de su madre, no me cabe la menor duda que nada tienen que ver con una depresión posparto.

Lina arrojó el libro a la mesa y miró con desagrado al doctor.

—De acuerdo, pero ¿hipnoterapia? ¿De verdad usted cree en esas pavadas?

El medicó volvió a asentir con un leve cabeceo. Caminó a su escritorio, tomó el libro que había arrojado Lina y lo arregló para que no se estropearan sus hojas. Claramente era de gran valor para el psiquiatra.

—La hipnoterapia no es ninguna ciencia oculta ni tonterías. Desafortunadamente se le ha dado mala fama porque la han convertido en un espectáculo denigrante de magos de poca monta.

El viejo médico caminó lentamente a través de su estudio y se sentó en una silla a la cabecera del diván.

—Señora Russo, si nada resulta de la hipnosis o ni tan siquiera es posible llevarla a ese estado, le aseguro que encontrará la experiencia relajante. Por mal que nos vaya, se levantará relajada. Se lo aseguro.

Lina miró con duda el sofá y al médico. Conoció la mala fama que tenía el viejo médico con las mujeres en el club, pero lo cierto era que desde hacía varios meses no dormía bien y realmente se sentía agotada. Un descanso no le haría daño. Refunfuñó, resopló, pero terminó recostándose en el sillón con más dudas que expectativas.

El doctor se agachó y abrió una pequeña gaveta de la mesita auxiliar que tenía a un lado y retiró con mucho cuidado una caja de madera oscura, la puso en la mesa y abrió con suavidad la tapa. En su interior había un metrónomo de péndulo, el cual es usado para generar ruido blanco que ayuda a centrar la atención del paciente, abstrayéndolo de toda distracción externa y enfocando su atención únicamente en las palabras del terapeuta. Aunque Lina dudaba de la efectividad del procedimiento, de pronto se encontró relajada y descansada a través de las indicaciones del psiquiatra. Le sorprendió que las técnicas de respiración consciente no eran tan diferentes a las que le enseñaron en los ateliers de los embarazos de sus hijos. Sintió dormirse, pero en realidad había logrado entrar en trance.

—Lina, ¿me escuchas?

—Sí.

—¿Cómo te sientes?

—Bien.

El doctor tomó el metrónomo y disminuyó un poco más su ritmo, previendo una sincronización con el ritmo cardiaco de Lina en ese momento.

—Lina, necesito que vayas a un sitio tranquilo, al sitio más tranquilo que recuerdes, que exista en tu memoria.

Lina permaneció en silencio, pero el médico sabía por el movimiento de los párpados de Lina que estaba buscando en su cerebro la instrucción dada por Atwood.

—¿Ya estás en tu sitio de tranquilidad?

—Sí.

—¿Puedes describirlo?

Lina se movió en su puesto, con algo de intranquilidad. El medicó detectó la leve tensión y la calmó con palabras de tono neutro, invitándola a concentrarse en la respiración.

—Recuerda, estás en un lugar seguro, en tu lugar seguro de tranquilidad y paz. ¿Puedes describírmelo ahora?

—Es… No hay nada. Todo está iluminado, blanco. Una interminable nada.

El médico hizo una pausa, dudando si Lina había seguido sus instrucciones. Generalmente las personas durante el trance en la hipnosis evocan como su sitio de tranquilidad y paz, un lugar de su infancia y no algo difuso y abstracto, pero decidió proseguir.

—¿Cómo te sientes?

—Hay... algo, una sombra.

—¿Qué forma tiene esa sombra? —Inquieto, el doctor se inclinó en la silla para estar más cerca de Lina y remojó la comisura de sus labios con la lengua.

—Dime, Lina, ¿qué forma tiene la sombra?

—No estoy...

—¿Segura?

—Sola.

—¿No estás sola?

El médico se recostó de nuevo en su silla, no queriendo presionar la conversación. Pequeñas gotas de sudor empezaban a aflorar en la frente y en las sienes de Lina. Continuó relajándola a través de la respiración consciente.

—¿Quién está contigo?

—Soy yo, pero no.

«*Damn it!*». El doctor sintió un nudo en la garganta, tragó pesadamente y tapó su boca con la mano, apretándola con fuerza. En otras circunstancias, con otros pacientes, esta situación sería emocionante, excitante e intrigante. Pasarían por su mente premios, grandes charlas y disertaciones. Se vería así mismo como un gran orador, presentando los detalles de su hallazgo a un gran auditorio de sus pares; pero en estas circunstancias y teniendo a Lina Russo en su consultorio, la esposa de uno de los empresarios más poderosos del mundo, las circunstancias cambiaban ostensiblemente. La situación se tornaba más delicada que emocionante. Más perturbadora que inquietante. El médico retiró sus gafas, cerró los ojos y apretó el arco de nariz entre sus dedos. Bufó y continuó.

—Lina, déjame hablar con la persona que está contigo, ¿quieres, querida?

Un silencio. Sin respuesta. El médico juntó sus manos entrelazando los dedos justo a la altura de su rostro, apoyando los codos en los brazos del mueble.

—Dime, querida ¿Cómo quisieras que te llamara?

—Monika.

Un escalofrió recorrió la espalda del viejo médico y sintió cómo los vellos de su cuello se erizaban. En sus años de práctica se había cruzado con múltiples casos de trastornos de identidad disociativa, pero se trataban de casos contraevidentes, casos que hacían a las personas que los padecían absolutamente disfuncionales. Sólo a través de una terapia intensiva acompañada con medicación fuerte, lograba que las personas pudieran vivir de nuevo en sociedad. Era la primera vez que veía un caso de este tipo.

—Monika, muy bien. Hola, Monika, ¿cómo te encuentras?

—Muy bien, doctor Atwood, ¿y usted?

—¿Me conoces?

—Por supuesto. Siempre estoy aquí. Siempre al tanto de todo.

El doctor se acomodó inquieto en su silla. Pensó en terminar la terapia, pero temía que si lo hacía de manera abrupta, quien terminara en la superficie sería Monika y no Lina.

—¿Lina sabe de ti?

Una sonrisa si acaso perceptible se dibujó en los labios del rostro de Lina.

—Antes, sí. Ahora, tal vez sólo sea un recuerdo para ella.

—¿Antes? ¿Desde hace cuánto estás ahí?

—Desde niñas, desde que Lina decidió agradarle a nuestro estúpido padre, ¡*maledetto bastardo*!

Estas últimas palabras en italiano le indicaron al médico que efectivamente esa personalidad acompañaba a Lina desde su infancia, ya que Lina no solía hablar en su idioma natal y de cuando en vez dejaba salir un acento argentino que era con el cual había aprendido el español.

—¿Su padre las lastimó?

De nuevo una sonrisa retorcida recorrió el rostro de Lina, pero esta vez más evidente.

—No, el viejo sólo quería una hija perfecta, así que Lina surgió y yo empecé a quedarme en el ostracismo.

Cillian se sorprendió con esta última respuesta y quiso indagar más allá, aunque todas las fibras de su cuerpo le ordenaban detenerse.

—«¿Lina, surgió?».—Sí, siempre fui yo. Desde el principio. Pero a papi no le gustaban… ¿Cómo decirlo? Mis apetitos. Él los llamaba antinatura.

El médico empezó a sentirse nervioso y se alejó del diván donde descansaba Lina. Se levantó suavemente de la silla y empezó a caminar alejándose.

—¿Qué clase de apetitos?

Una nueva sonrisa, esta vez más sonora.

—Al señor Russo no le gustó lo que hice con sus preciados corceles lusitanos, ni un poquito.

Una nueva risa explotó y ahora con más fuerza, Monika continuó con emoción su relato.

—Les arranqué el corazón, los envenené y se los di a comer a los perros para verlos morir. Papá me encerró en el ático por semanas avergonzado, sin saber que hacer. El manicomio no era la opción para una Russo, ¡no! De ninguna manera. Así que ahí, en la oscuridad de esas cuatro paredes, nació Lina, o Monika; es confuso a veces, ¿sabe?

El cuerpo tenso de Lina se relajó nuevamente y continuó respirando con suavidad. El aterrado doctor no hallaba las palabras para continuar.

—Lina fue quien salió de ese desván asqueroso y, de alguna manera, no sé cómo, convenció a todos de que había sido un acto accidental, un sin razón que no ocurriría nunca más. Yo permanecí ahí, en silencio. Sabiendo que aquello era lo mejor para ambas, sin embargo, el apetito era mucho y Lina empezaría a sentirlo también. Una forma indirecta de satisfacerme. Así que ella continuó haciendo lo mismo, pero a menor escala y sin ser descubierta, bajo sus propias reglas; lo importante era encajar.

Por más inquieto que todo esto lo ponía, al doctor le parecía fascinante encontrar estas personalidades fusionadas en una sola. Por un lado, estaba Monika; una identidad sociópata con desprecio por todo y todos los que no piensen igual a ella; de haber seguido adelante, estaría internada en un manicomio. Y por otro lado estaba la siempre bien ponderada y equilibrada Lina; que, de manera instintiva se había permitido seguir con la obra de su hermana, pero con el deseo firme de ser aceptada y encajar; una de las características típicas del psicópata. Aunque debía profundizar en su diagnóstico a través de miles de horas de análisis, el doctor Cillian Atwood sabía que al final del día, este sería irrestrictamente lo que ya había concluido. Habiendo satisfecho su entrevista, el psiquiatra se sentó de nuevo en su silla resuelto a traer a Lina a la superficie para luego sacarla del trance.

—Muy bien, Monika, quiero hablar con Lina de nuevo. Deja que venga.

—¿Sabe doctor? Tenemos un dilema.

—¿Dilema? ¿Qué dilema?

—No puedo dejar salir a Lina ahora que usted sabe nuestro pequeño juego.

De golpe, Lina abrió los ojos, pero a través de ellos solo se veía la locura de Monika, quien con una sonrisa perversa sentenció al médico.

—Y yo no quiero dejar de jugarlo.

Tomó la pesada bola de mármol y la reventó contra el occipital del médico haciéndole saltar el ojo. Se abalanzó sobre el médico estrellando la piedra una y otra vez en la cabeza. Cuando terminó, sabiendo que Lina concluiría lo peor del médico, bajó sus pantaletas a la altura de sus muslos y se recostó en el suelo contra una de las paredes del consultorio. Cerró los ojos y sonrió.

—Despierta, hermanita, es tu turno.

LINA

Después de pasar por encima de Max, Lina entró corriendo a la habitación principal y cerró la puerta tras de sí. Caminó hasta la pared más alejada y empujó una baldosa falsa oculta en la mampostería. El rectángulo de piedra abrió con un suave clic, dejando ver una pantalla táctil que se encendió de manera automática. Un teclado alfanumérico apareció solicitando la clave de acceso; Lina inclinó la cabeza, apretó los ojos tratando de recordar el código. Aún estaba confundida sobre lo que acababa de suceder, en su mente todo estaba borroso y revuelto. Jhon muerto en el suelo, ella cubierta de sangre y Max tratando de matarlos a todos. «Maldita sea, ¿cómo pasó esto?». Al llegar a su mente la clave, la digitó rápidamente ensangrentando la pantalla con sus dedos. Miró sus manos y las limpió con disgusto en su batola. Inmediatamente la pantalla led titiló y cambió de imagen solicitando las huellas de su mano. Puso la mano en el dispositivo y una pequeña puerta oculta abrió mimetizada entre los arreglos de la habitación. Lina entró en la habitación de pánico y cerró la puerta. Los engranajes cerraron un sonido seco dejando escuchar varios seguros. Lina se recostó en la puerta apoyada en su brazo y dejó descansar su cabeza en este. «¿Qué putas acaba de suceder? Todo estaba controlado. Teníamos al maldito acorralado». Bufó y resopló con desazón por no recordar. Hacía años había sufrido de ansiedad, pérdida de conciencia momentánea y desmayos súbitos; pero eso había quedado en el pasado. Ahora, en menos de un par de días le había sucedido varias veces, primero con el comandante y ahora con Jhon. «Maldita sea, Jhon, no puedes estar muerto, tú no. ¡Tú no!».

Afuera aún se escuchaba el intercambio de disparos. «Espero maten a ese desgraciado». Luego, un silencio trémulo. Puso su oreja en la pared y escuchó cómo se abría la puerta de golpe. Un ataque furioso a los muebles del cuarto que volaban de un lado al otro estrellándose contra las paredes. Un grito animal, salvaje, gutural se escuchó al otro lado.

—Maldita perra, ¿dónde estás? —gritaba Max una y otra vez.

El ataque en la habitación continuó por un par de minutos más, hasta que cesó presa del cansancio. Un golpe sordo se escuchó como si un cuerpo se dejara caer en el piso, y luego se escuchó una voz calma y meditada.

—Te encontraré. Puedes confiar en eso.

Luego se escuchó cómo los pasos se alejaban saliendo del cuarto. Lina se movió al fondo de la habitación de pánico y llamó el elevador, este se abrió suavemente y Lina ingresó rápidamente. Nuevamente empezó a cavilar en sus recuerdos y no lograba hilvanar dos recuerdos seguidos. Al llegar al sótano, el ascensor abrió sus puertas hacia un túnel rocoso de unos cincuenta metros que rompía a la derecha sin dejar ver su salida. Lina caminó hacia la camioneta que ya estaba encendida y al lado de la puerta abierta estaba Benítez con evidente expresión de angustia.

—Vámonos, Benítez. ¡Vámonos de una vez!

El escolta dudó, miró a su protegida y luego a la puerta del elevador y de nuevo a Lina.

—¿El señor Terranova?

—¡Vámonos ya!

Benítez volvió a dudar y con temor se arriesgó a continuar preguntando.

—¿Álvaro?

—Carajo, Benítez; no me joda. Todos están muertos.

Lina entró a la camioneta dejando a Benítez de pie con la boca abierta a punto de desencajarse.

—¿Qué espera, Benítez?, ¡vámonos!

El escolta salió de su letargo. Se despabiló y entró al vehículo. Arrancó rápidamente dejando un rastro de humo y tierra atrás, abandonando el *cottage*. Durante el camino hacia el aeródromo privado, Lina continuaba tratando de recordar lo sucedido durante sus lagunas mentales. Cuando «trabajó» sobre el desagradable Héctor Rugeles, el Comandante, recordó que había tenido también unos vacíos en su memoria. En ese momento no le prestó mayor atención, pues culpó al abuso del licor; pero ahora no estaba alcoholizada. ¿Qué había sucedido, entonces? Tal cual como sucedió con el comandante, ahora tampoco recordaba las conversaciones ni las situaciones, todo era un gran borrón, como un tablero de tiza mal aseado.

Al llegar al aeródromo, Lina seguía furiosa. Por un lado, no daba crédito a que el mayor finalmente hubiera podido asesinar a Jhon y, por otro lado, no entendía cómo ella pudo permitir aquello. Bajó rápidamente del vehículo sin esperar a que Benítez le abriera la puerta como solía hacerlo, no había tiempo.

La tripulación de vuelo del Dassault Falcon 10X ya estaban ubicados al final de la escalinata esperando a sus pasajeros. La amplia sonrisa de bienvenida con la que los recibían se borró de inmediato al ver el vestido ensangrentado de Lina, disimulado por el saco del traje que le había prestado su escolta, que llevaba a medio poner sobre sus hombros. Descalza, Lina no saludó a ninguno y subió trotando por las escaleras. Sin voltear, ordenó.

—Prepárenme una ducha y algo de vestir.

Benítez, que la seguía de cerca, palmeó con fuerza varias veces para sacar de la sorpresa al equipo.

—De prisa, gente, que es para ayer. ¡Nos vamos!

Una vez en el aire, el ambiente en el avión era tenso y pesado. Benítez les había prohibido usar los celulares y los televisores, y les ordenó apagarlos y desconectarlos. Quería proveer a Lina Russo de un silencio total. Ya en otras oportunidades la había visto así y generalmente eso no terminaba muy bien para alguien. Con suavidad llamó a la puerta del baño donde se encontraba Lina por más de una hora.

—Señora, ¿todo en orden?

—Lárguese, Benítez. Déjeme tranquila por el amor a Dios.

—Sí, señora. Disculpe, señora. Si desea algo de comer o beber, dejamos algo para usted aquí afuera.

Benítez gesticuló a la asistente de vuelo para que dejara la bandeja de comida en una mesa al frente del baño y le ordenó retirarse. Cerró las persianas y salió también.

Desnuda, sentada en el inodoro, con la cabeza clavada en el pecho, Lina seguía meditando en lo sucedido. Las manos juntas, con los codos apoyados en sus rodillas, se ponían blancas por la presión sobre sus nudillos.

—Vamos, hermanita, que no es para tanto.

Lina se asustó al oír aquella voz, se resbaló y casi cae en la ducha. Apoyada en una de las paredes empezó a buscar en la pequeña cabina el origen de las palabras. Corrió las cortinas y buscó tras de ellas. Vacío.

—¿Quién eres?

—Sabes quien soy. Sólo que llevamos tiempo sin hablar, hermanita.

Lina dio unos pasos hacia el espejo del cubículo y limpió el vapor que lo empañaba.

—¿Monika?

Lina escarbó en sus recuerdos infantiles. Trató de delinear en su mente la imagen de Monika. Un vago recuerdo surgió. Una amiga imaginaria. Una hermana imaginaria. Una cómplice imaginaria.

—¿Eras real? ¿Fuiste real en aquel viejo desván donde padre me encerró?

—Fui tan real como tú quisiste que lo fuera. Y sí compartí aquel encierro contigo.

Lina seguía discurriendo en sus memorias. Era suficiente tener que lidiar con todo lo que estaba sucediendo en estos momentos, como para tener que batallar también con «fantasmas» del pasado. Monika continuó:

—Que Jhon muriera es algo que puede ser bueno para nosotras. Finalmente, se estaba convirtiendo en un lastre.

Lina rompió su trance, miró con cólera su reflejo, golpeó con furia, con ambos puños, los bordes del espejo y respondió rasgándose la garganta.

—Jhon no tenía por qué morir así. ¡El maldito mayor no debió matarlo! ¡El maldito bastardo no puede ganar! ¡No puede!

Una sonrisa se apretó en las comisuras de Monika.

—¡Oh, sí! El mayor lo mató. Si es por eso, tienes razón. Debe pagar su atrevimiento.

Un rugido gutural retumbó en el pequeño habitáculo.

—¡Claro que debe pagar! ¡Pagará! ¡El muy desgraciado pagará!

Una sonrisa retorcida cursó el rostro de Monika.

—¿Sabes quién más debe pagar?

Lina volvió a clavar la barbilla en el pecho mientras resoplaba con fuerza. Bramaba con dificultad, se sentía agobiada, pero revitalizada por la adrenalina de su furia.

—¿Quién?

—Los malditos que mandaron a secuestrar a Jhon.

Lina levantó su mirada de nuevo con intriga.

—¿Sabes quiénes fueron?

—Por supuesto, el comandante nos lo dijo. ¿No lo recuerdas?

Lina volvió a clavar la mirada en el piso del baño y meneaba la cabeza lentamente con desazón.

—No, no lo recuerdo. Pero si tú lo sabes, dímelo.

—Por supuesto, *sorelina*, te lo diré en su momento.

Monika miró hacia la puerta y giró de nuevo sobre su reflejo.

—Primero, lo primero. No puedes ir por tus hijos. La policía no va a tardar en emitir una circular roja en tu contra y será el primer lugar donde irá a buscarte.

Lina miró su reflejo y con agobio asintió.

—Por otro lado, no podemos dejar cabos sueltos sobre nuestro destino.

—¿La tripulación?

—La tripulación.

—¿Benítez?

—Benítez.

Asintió con saña Monika.

—Ya nos entendemos, hermanita.

—No te preocupes. Son comida de zopilotes.

—Excelente, *sorelina*. ¿Te parece entonces que tomemos algo de energía por unas semanas en, digamos, Ibiza?

—Me parece, hermana. Me parece muy bien.

MAX

Los sonidos de los equipos electrónicos de soporte vital le recordaban a Max lo mal que había estado. Lo mal que la había pasado. Lo cerca que estuvo de morir tantas veces. Desde aquella selva, hacía varios meses, mientras intentaba rescatar a Jhonatan, hasta el *cottage* de la familia Terranova. Aún le causaba escalofríos el recuerdo de la mirada de Lina Russo después de degollar a Jhonatan, y *ad-portas* de hacerle lo mismo a él. Esa mirada vacía, perdida en el infinito, inerte como la de un escualo. Sin una sola gota de vida.

Las últimas semanas habían sido un frenesí de emociones. El reencuentro con sus padres, lo más emotivo. Durante horas no habían podido parar de llorar abrazados en la clínica. Su penoso y vergonzoso proceso de desintoxicación y, finalmente, el saludo afable de su excomandante de base, el coronel Gordillo. Le daba pena por el adusto oficial. Los meses posteriores a su salida del ejército le habían pasado factura. Se veía demacrado, enfermo, nostálgico por viejas glorias; pero sin lugar a duda el reencuentro de los viejos amigos le había levantado el ánimo.

Su madre permanecía día y noche, por todo el tiempo que el hospital le permitiera permanecer, junto a Max. Rezongaba y protestaba sin guardarse nada, cada vez que la policía venía a interrogar a su hijo: «Qué falta de respeto y consideración. Mi hijo está convaleciente y necesita descanso constante». Maximiliano sonreía con agrado al ver como su vieja madre lo defendía como a un crío. A la única persona que dejaba quedarse por unos minutos sin interrupción era a la oficial Vivian Orduz, a quien le tomó cierto afecto, pues no se despegó de su hijo cuando lo sacó de aquel *cottage*. Instinto de madre, dirían algunos.

La policía seguía viniendo una y otra vez pues no le cuadraban algunos detalles de cómo Max estaba en la residencia. El mayor justificaba los vacíos en su historia, argumentando que la mayor parte del tiempo permanecía drogado, lo cual fue perfectamente convalidado por el amplio espectro de análisis toxicológicos que le realizaron y a la tortuosa terapia de desintoxicación a la que se vio sometido. No obstante, su padre y el coronel Gordillo se encargaron de limpiar el rastro en el bosque, de la moto que había abandonado y alguna otra pieza en el *cottage* que pudiera implicar a Max; las antiguas amistades del coronel surtieron frutos en esta oportunidad.

Era casi medio día y los padres de Max estaban en la habitación planeando la fiesta de bienvenida que los hermanos querían hacerle en su ciudad natal y luego unas merecidas vacaciones. Al principio Maximiliano se sintió renuente, pero el ver el entusiasmo con que querían hacerlo, aceptó.

Su madre se levantó del pie de la cama, le dio un beso largo en la frente.

—Hijo, voy a ver qué hay de almuerzo en la cafetería. ¿Quieres que te traiga algo?

Max sonrió al ver la ternura maternal de su madre. No recordaba que lo mirara de esa manera desde que era un niño.

—No, mamá, estoy bien.

Myriam miró a su esposo, que permanecía de pie junto a la ventana y le gesticuló para que la acompañara. La señora sabía que a esa hora había quedado de ir la sargento Orduz, y tal vez necesitaba espacio. Fabiano no entendió al principio, miró a su hijo, luego a su mujer, carraspeó y respondió:

—Claro que sí, cariño. Ya está empezando a hacer hambre.

Fabiano tomó la chamarra que estaba en el espaldar de su silla y empezó a seguir a su esposa que ya salía de la habitación.

—Papá, ¿puedes quedarte un minuto? Quiero preguntarte algo.

Myriam miró a su esposo con extrañeza. Este le sonrió y le dio un beso en la mejilla

—Ya te alcanzo, cariño.

Fabiano se terminó de acomodar la chaqueta al tiempo que corría una silla para acercarse a la cama de su hijo.

—Dime, hijo.

Maximiliano agachó su cabeza mirando sus manos entrelazadas en su regazo, tratando de buscar las palabras adecuadas. Había tenido este pensamiento durante varios días en la cabeza y no hallaba la forma de sacárselo.

—Durante los interrogatorios con la policía, Vivian me contó…

—¿Vivian? —Interrumpió Fabiano, con una sonrisa cómplice.

—La sargento Orduz.

Fabiano continuó sonriendo sin desviar la mirada sobre su hijo, quien giraba los ojos con pena y algo de rubor.

—La sargento Orduz me contó que afortunadamente llegaron al *cottage* por una llamada anónima que, en principio, iban a descartar.

Maximiliano se detuvo y miró a su padre para detectar alguna reacción.

—¿Tuviste algo que ver en ello?

Fabiano sonrió nuevamente con cariño, palmeó las piernas de Max por encima de las cobijas y se levantó.

—Descansa, hijo. Ya todo eso está en el pasado. —Se inclinó sobre su hijo, lo besó en la frente y salió del cuarto.

Maximiliano estaba comenzando a quedarse dormido, cuando un barullo en el pasillo lo despertó. Del otro lado de la puerta se escuchó una voz familiar.

—Toc, toc. ¿Se puede? —Max instintivamente sonrió y trató de acomodarse. Repasó su cabello con sus manos.

—Adelante, adelante.

Entró primero una pierna en alto, atada a un cabestrillo, le siguió una silla de ruedas y, empujándola, venía la sargento Orduz atrás. Maximiliano miró al paciente que traía Vivian, sonrió ampliamente y saludó efusivo.

—Supongo que usted es el famoso teniente Lorenzo Lagos.

Lagos miró por encima del hombro a Vivian, girando lo más que el dolor de la herida en su cuello le permitía. Se quejó un momento y llevó su mano al cuello.

—¿Has estado hablando de mí a mis espaldas, niña?

—Siempre, jefe. Pero sólo lo malo.

Lagos blanqueó los ojos y resopló. Vivian empujó la silla de ruedas hasta ponerla junto a la cama de Max.

—Mucho gusto, hijo. Lorenzo Lagos, para servirte.

—Mucho gusto, teniente. Maximiliano Buenaventura, pero puede decirme Max.

Orduz dio la vuelta a toda la cama y se acomodó en la silla del otro lado.

—¿Y cómo sigues, campeón?

Max inhaló profundamente y respondió con satisfacción.

—Bien. Mucho mejor. Creo que mañana ya me dan de alta. Mis padres no ven la hora de llevarme a casa por varios meses. Será otro rapto.

Los oficiales sonrieron con agrado. Vivian continuó.

—¿Cuándo tendremos noticias tuyas? Para completar el interrogatorio, ¿sabes?

—Pronto.

Los dos se miraron un momento y Max fue el primero en quitar la mirada. Un par de segundos de más para ser un silencio incómodo. Lagos sonrió. le agradaba ver esa faceta en su compañera. Luego carraspeó.

—Bueno, bueno; a trabajar. Vivian, por favor, consígueme algo de beber que muero de sed. ¡Ah! Algo con azúcar, una malteada de chocolate con azúcar de verdad. Nada de esa basura con endulzantes artificiales.

Vivian sonrió y miró a Max.

—Desde que está herido, cree que soy su enfermera personal.

Luego miró a su jefe y con cara de picardía respondió:

—Agua mineral con limón y nada de azúcar, de inmediato viene, jefe.

Lagos meneó la cabeza con desazón y despidió a su compañera. Luego miró a Max analizándolo por unos instantes.

—Jhonatan Terranova y su esposa, ¡increíble!

Max asintió larga y con lentitud varias veces.

—Ni que lo digas.

—¿Sabes, chico? Desde hace varios meses estaba planteando esa hipótesis, que el Tramoyista era un tipo rico. Como era de esperarse, nadie me creyó y hasta se burlaban. Ahora has de ver cuántas apuestas he recolectado, incluso la de mi jefe.

Max asintió de nuevo, pero esta vez con rostro sombrío.

—Una cosa e.s un tipo rico, pero otra bien diferente era Jhonatan Terranova.

Lagos observó a Max por unos momentos en silencio, luego agachó la mirada observando sus manos entrelazadas meditando en lo que iba a decir. Llevó una de ellas al cuello para masajearlo, tomó una inhalación profunda y continuó.

—Chico, tú estabas allí para matar a Terranova. Llegaste por tus propios medios. De su esposa, no había forma de que lo supieras. ¡Carajo! No había forma de que alguien lo supiera.

Max intentó abrir la boca para responder, pero el viejo teniente se adelantó y levantó ambas manos para interrumpirlo.

—¿Sabes?, he estado en este caso por muchos años y es momento de descansar. A mi edad y en mi línea de trabajo es un placer casi culposo. Casi.

Meneó la cabeza y sonrió.

—Has pasado por mucho. Sólo Dios sabe el infierno que has pasado y yo francamente no quiero desenterrar más fantasmas.

Miró de nuevo por encima del hombro sintiendo los pasos de su compañera acercarse.

—Eres joven y tienes todo el tiempo para recuperarte en todo sentido. Te lo mereces.

De golpe entró Orduz con una botella de agua gasificada y se la dejó a su jefe en el regazo.

—No encontré limón.

Lagos hizo un ademán para protestar, pero se arrepintió. Con desazón empezó a desenroscar la tapa de la botella. Max sonrió y miró a Orduz, quien con cara de burla le guiñaba el ojo.

—¿Qué va a pasar con Lina Russo?

—Ya hay una circular roja de la Interpol para capturarla. El avión en el que huyó tomó rumbo a Europa. De seguro la encontrarán en alguna ciudad paradisiaca. Yo no me preocuparía por ella. Sin su esposo ni sus recursos, no tardará en dejarse atrapar.

Vivian agarró la silla de ruedas y empezó a sacar a Lagos de la habitación.

—Bueno, jefe, hora de despedirse. Capitán América necesita recuperarse.

Luego miró a Max amablemente.

—Estamos en contacto, chico. —Max asintió mirándola fijamente.

—Fue todo un placer, muchacho. Cuídate. Y recuerda. Por el amor a Dios, no vuelvas a rescatar a un psicópata, ¿quieres?

Max sonrió y levantó su pulgar derecho.

—*Copy that.*

EPÍLOGO

Las llantas del Humvee saltaban en los huecos de las calles derruidas de La Habana con facilidad; el problema era que estas, en el casco histórico, no estaban construidas para facilitar el tránsito a vehículos de tal tamaño. El agente de la DEA, Frank Ladino, maldecía cada vez que estaba a punto de atropellar a alguien. A su lado, el agente de la CIA, Mike Taylor, se reía burlándose de su compañero.

—Vamos, Lad, no hay afán. De nuevo, ¿para qué nos llamó la Interpol?

Frank resoplaba y bufaba sin parar. No llevaba mucho tiempo en Cuba y encontraba el calor de la isla agobiante.

—No lo sé. No dijeron. Sólo llamaron a la base y preguntaron por los oficiales a cargo de la CIA y la DEA.

Mike levantó las cejas y acomodó sus gafas de sol.

—Lo sabremos cuando lleguemos, entonces.

El sitio era un viejo edificio en el corazón del casco histórico. La policía local y de la Interpol habían acordado la zona e impedían el ingreso a todos los vehículos. Frank intentó atravesar la barricada, pero fue inútil. Parquearon la camioneta y caminaron hasta el edificio. Ladino no paraba de sudar y tenía la camiseta de algodón totalmente pegada al cuerpo. Taylor lo miraba de reojo y seguía burlándose en silencio.

—No hubieras soportado Afganistán, *brother*.

—¿Por qué crees que nunca me enlisté en el ejército, *brother*?

Mike volvió a sonreír. Al llegar a la entrada del edificio, inmediatamente sintieron la peste de la carne podrida, haciéndolos fruncir la nariz, obligándolos a taparse.

—*Jeez. What is that smell?*

—Español, Frank, español —le refutó impaciente Taylor.

Los oficiales de la Interpol estaban al pie de las escaleras con tapabocas n95. Uno de ellos se adelantó, los saludo y entregó un tapabocas a cada uno.

—Tercer piso, agentes.

Los oficiales subieron pesadamente las escaleras, el bochorno era infernal. Era preferible estar en la calle a pleno sol. Al llegar al nivel, era evidente que los tapabocas no iban a ser de mayor ayuda. Un oficial en mono blanco los llamó y se presentó.

—Soy el agente especial Robert Villescas, de la Interpol. Soy el encargado del levantamiento y la autopsia. Yo soy quien los hice llamar. Por aquí, caballeros.

La habitación estaba aún cerrada. Las ventanas que daban contra la calle estaban forradas en papel periódico e impedían el paso de la luz. En la sala, acurrucada en una esquina, estaba una mujer visiblemente trastornada; un par de oficiales trataban de conversar con ella, pero sin éxito. Más allá estaba la alcoba principal. Los agentes ingresaron siguiendo los pasos del médico y al entrar vieron el cuerpo de un hombre, clavado en la pared de pies y manos formando una cruz. Sus párpados habían sido cortados y sus entrañas habían sido destripadas y yacían en varias cubetas al pie del sujeto.

Frank fue el primero en fruncirse ante la escena. De no haber tenido experiencia con las escenas dantescas que dejaban tras de sí la guerra de los carteles mexicanos hubiera vomitado el desayuno. Taylor solo entrecerró los ojos. Su experiencia en combate le había fortalecido el estómago para ese tipo de cosas.

—Bien, les presento a Carlos Eduardo Miranda, alias «Petaca».— ¿Quién? —pregunto Mike, confundido. Frank, por otro lado, enfureció.

—*¡Mother Fucker! ¡Son of a ...!*

Se llevó las manos a la cabeza y empezó a lanzar improperios.

—*¡Somebody is gonna pay for this! ¡I swear!*

—Español, viejo. Español. ¿Conoces a este tipo?

Frank asintió apoyando sus manos en las rodillas; esta vez sí con intenciones de trasbocar. Levantó la mano, la meneó con rapidez y salió del cuarto. Bajó las escaleras trotando. Cuando estuvo fuera del edificio tomó varias bocanadas de aire para recomponerse. Mike salió detrás de él lentamente, sacó un paquete de Lucky Strike de uno de los bolsillos de su pantalón cargo y lo abrió. Tomó un cigarrillo para él y le ofreció otro a Frank, quien desistió. De su camisa tomó un Zippo antiguo regalo de su padre, con los distintivos de la brigada en donde había prestado servicio en Vietnam.

—Y bien, ¿quién es ese sujeto?

—Era un informante del cartel de Jalisco. No era mexicano ni pertenecía a ese cartel. Sólo hacía parte de un grupo guerrillero que mantenía negocios con ese cartel. ¡Maldita sea, Mike!

Refunfuñó y protestó de nuevo el agente de la DEA.

—¿Sabes lo difícil que es reclutar a un tipo de estos como informante? ¿Brindarle un cerco de seguridad, garantías procesales, negociar su amnistía?

—Sí, creo que tengo experiencia en ello.

Frank miró inicialmente con recelo a su compañero, pero entendió que los de la CIA también estaban acostumbrados a lidiar con este tipo de basura.

—¿Por qué estaba aquí en La Habana?

—Era un alto comandante de esa guerrilla. La Armada Popular Revolucionaria. Están renegociando un nuevo acuerdo de paz pues el último no les gustó.

—¿Armada Popular Revolucionaria? ¿La APR?

—Sí, creo que sí.

—¡Carajo!

Taylor sacó su celular y empezó a navegar por la bandeja de sus correos.

—Hace unos días me llegó un correo confidencial sobre el asesinato de un alto miembro de la mesa negociadora de la APR en el Vaticano. No lo abrí.

Mike oprimió el enlace y se acercó a su compañero para ver los adjuntos. Al abrir el mensaje, las fotos dejaron ver a un hombre crucificado en una pared.

—¡*Fuck*!

El médico de la Interpol salió del edificio, se retiró el tapabocas y la cofia y bufó por el calor. De su bolsillo tomó una foto y se la entregó a los agentes.

—Esta es la única foto de la persona que contrató a la prostituta para estar con el occiso. Gafas grandes, un sombrero ancho, no se ve mucho, pero les puede ayudar. Esto fue de hace tres días. Por eso la peste

El médico retrocedió para volver a ingresar al edificio, recapacitó y se giró a los agentes.

—Algo más. La mujer dice que tenía un acento entre argentino e italiano. No está segura.

www.ingramcontent.com/pod-product-compliance
Lightning Source LLC
LaVergne TN
LVHW091545060526
838200LV00036B/710